JN190482

月への吠えかた教えます

イーライ・イーストン

冬斗亜紀〈訳〉

How to Howl at the Moon

by Eli Easton

translated by Aki Fuyuto

Monochrome Romance

How to Howl at the Moon
by Eli Easton

How to Howl at the moon

月への吠えかた教えます

at the Moon

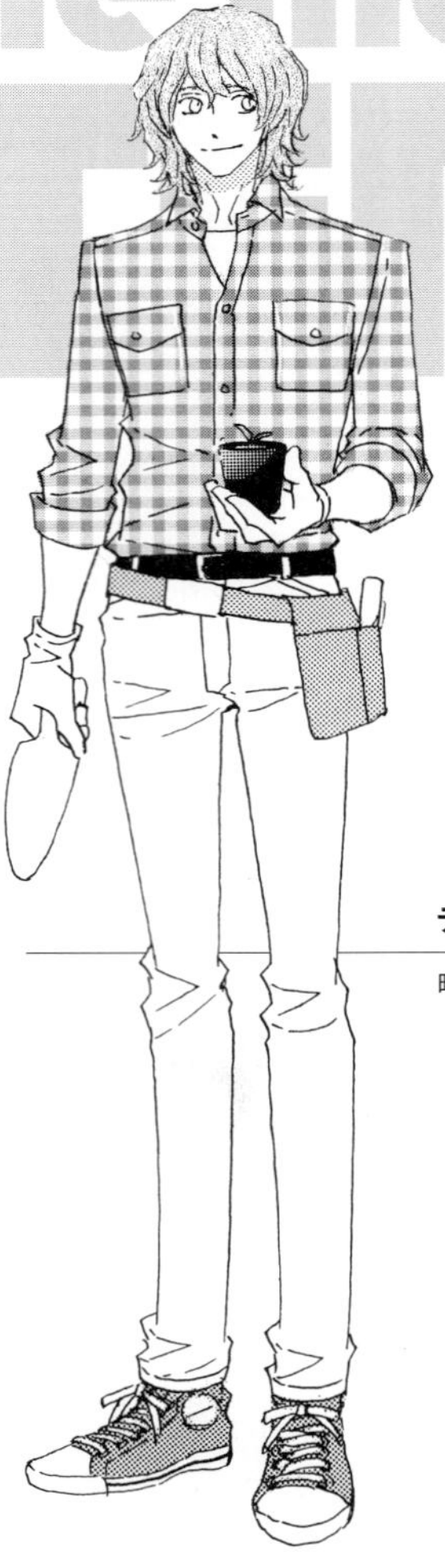

ティム・ウェストン

町に越してきた人間

How to Howl CHARA

ランス・ビューフォート

マッドクリークの保安官
ボーダーコリーのクイック四代目
31歳

チャンス

犬の姿のランス

イラスト：麻々原絵里依

1　あやしいにおい

「ああ、気高いひとだった！　まさに聖人！　地上に舞い降りた天使！」

老いたブルドッグの頬が熱っぽく震えた。大きな茶色い目の悲しみは、見る者を吸いこみそうだ。

「彼女は私を、十年間養ってくれた。自分の皿から丁寧に取り分けたものを食べさせてくれて！」

保安官ランス・ビューフォートは、テーブルの下でダイナーの床を踏みしめて忍耐を保った。

「素晴らしい女性だったのだろうな」

ガスは、ぼやけた目でまばたきした。

「そう、まったく！　あのひとのベッドの足元で毎晩寝たんだ。離れたことなんてなかった。週に何度かあのひとが、娘につれられて教会に行く時以外。その時だっていつも特別なごほうびを持って帰ってきてくれた。手作りピーナツバターのビスケットとか、そういう。教会でもらったケーキの一切れとか」

「そんなひとを失って、つらかっただろうな。わかるよ」とランスは言った。

頭では実際わかっている。だが、心からの理解となると。ランスは人間と絆《きずな》で結ばれたことなど一度もないし、絆の相手に先立たれて悲嘆の日々を送ったこともない。さっさと話を進めようと、コーヒーのおかわりをデイジーに合図した。転入してくる新入りの相手はいつもは母の担当だが、その母は出産の付き添いに出かけている。

「さて、ガス。このマッドクリークでのきみの状況について話そうか」

「でもどうすれば？　働いたこともないんだ。飼い主《かあさん》がずっと面倒を見てくれた。なのに……これから家賃を自分で払わなきゃ。食べ物も！　飢え死になんかしたくないよ」

「今は途方に暮れているだろうが、我々が力になる。ひとまずメイブルのところで暮らして、食事はこの店で食べるといい」

「私に何か仕事ができるかな？　子犬の頃みたいに身軽とはいかないけど、耳も吠え声もまだ元気だし、すごくいい話相手になれるよ、本当に」

ガスは誠実、かつ熱心だったが、正直言って仕事よりカウチでの昼寝が似合いそうだ。

「それも何か考えよう。しばらくは町とここの群れに慣れてくれ。のんびりして」

ガスがニッコリした。心がシンプルなのだ、きっと。長く悩んだりしない。

内心、ランスは溜息ものだった。この頃〝活性《クイック》〟となってこの町へたどりついた犬はガスが初めてではなかったし、最後でもないだろう。

ガスの事情は典型的だった。彼は、人間の姿に変身できるように生まれついてはいない。だが飼い主からとても深く愛されたおかげで〝種火《スパーク》〟を得たのだ。その飼い主——年老いた女性が亡くなり、ガスが普通の犬ではないとは思いもしない女性の身内は彼を犬のシェルターへ引き渡した。幸運が重なって、ガスはシェルターを逃げ出し、このマッドクリークの町にたどりついた。

そして今……。

ガスを見やり、ランスは本能的な引力を感じる。今や、ガスは群れの一員だ。つまり彼を守るのはランスの責任。

デイジーがふたりに朝食を運んできた。ランスにはトーストと目玉焼き、ガスには朝食スペシャル——目玉焼き、ソーセージ、ハム、トースト。皿を置くデイジーがランスにウインクし、ガスの分をこっそり大盛りにしたと伝えてくる。ずらりと並んだ料理にガスの顔が輝いた。

「こりゃなんと！　凄い、うまそうだ！」と興奮している。

「ほかに何かほしいものある？」

予想外に丁寧な手つきで食べ物を口に詰め込みはじめたガスへ、デイジーがたずねた。

「ケチャップかチリソースとか？」

口いっぱいに頬張ったガスが首を振った。

「あなたはどう、保安官？」デイジーがランスへあたたかく微笑む。

「いや結構、俺は――」

何かが本能を騒がせて、ランスは言葉を失った。他所者《よそもの》だ、そう感じた二秒後、扉のベルがチリリと鳴る。耳をピンと立て――集中した。

ダイナーのガラス扉を、ひとりの男が押さえていた。店内を見回し、ランスの鋭いまなざしと目が合うとぎょっと顔をそむけた。男はドアから手を離し、うつむいたままふらふらカウンターへ向かって、席につく。

他所者は若かった――二十代前半だろう。ひょろっとのっぽで、長くふわふわの髪をして、前髪が目の上に落ち、後ろ髪は襟元でやたらにはねている。顔色が悪く、やつれて、その上……ひどく緊張して見えた。ジーンズとデニムジャケット、Tシャツという格好で、そのどれもすっかり古ぼけて、ランスの腹の底で嫌な予感がざわついた。そもそも他所者は好かない。刺々しく接したい本能をいつも抑えているくらいだ。しかも最近、近くの郡でキナ臭い事件もあり、警戒を強めていた。

まばたきし、ランスはまたガスへと目を戻した。ガスは食事に没頭し、ナイフで切っては一口ずつ、最後の晩餐のように味わっている。自分の皿は手つかずでランスはカウンターの会話に聞き耳を立てた。

「コーヒー、それと……」若者の声は低く、メニューを熟読しているようだ。「……お子様用メニューのグリルドチーズサンド、たのんでも大丈夫？」

「ええ、かまわないわよ」

「具の追加は有料？　トマトとかレタスとか？」

「いいえ！　ほしいものある？」

「とにかく全部。できるだけたくさん。じゃあ、それでお願いします」

　これは金に困っているに違いない、とランスは注文から判断した。

　ランスがいるのは出入口が見渡せるいつもの席で、カウンターに座ったのっぽの若者を見るためにわざわざ首をひねるのは不自然だ。だが、ジュークボックスの磨かれた表面に、若者の横からの姿が映っていた。長い脚を折り、コンバースのスニーカーの踵でリノリウムの床を神経質に叩いている。コン、コンと。若者の鏡像がちらっとランスのほうをうかがった。踵がさらに早く床を打つ。ランスは肩をいからせて、保安官事務所の上着をはっきり見せつけてやった。

　生野菜を詰めこんだグリルドチーズサンドイッチと、牛乳の入った大きなグラスを、デイジーが運んできた。

「飲み物はたのんでない――」

「牛乳嫌いだった？　駄目になっちゃう分が山ほど出るから、ただでいいのよ」

「じゃあ……どうも……」と若者がもそもそと言う。

「ほかに何かほしいものはあるかしら？」

「ええと……このあたりで園芸用の資材を買えるのはどこかな？　支柱とか、培養土とか。そういうやつ？」

その質問が終わらないうちに、ランスは立ち上がっていた。アドレナリンが放出され、うなじや腕の毛がピンと立っているのを感じる。だが自分を抑えて、リラックスした態度でカウンターへ歩みより、他所者の隣の空席に座った。

「デイジー、ガスにコーヒーのお代わりを持っていってくれないかな？」

デイジーにたずねる。デイジーの口は若者に答えようと、あるいは驚いて、開きっぱなしになっていた。

「あら……ええ」

空気を察したデイジーが去っていく。

若者は、前髪の房の間からランスを透かし見た。近くで見た瞳はヘイゼルで、顔は細く、少年っぽく、シャイなのにどういうわけか強情そうだった。奇妙に……魅力的な顔だと感じる。

ランスがじっと見ていると、若者の喉仏がごくりと動いて唾を呑んだ。冷や汗のにおいが、つんと、かすかに立ちのぼる。なるべくさり気なく、ほんの少し顔を近づけ、ランスはにおいを嗅いだ。

若者からはガソリンのにおいがした——最近給油したのだ。一、二日ほどシャワーを浴びていない——きっと車中泊。その下にひそんでいたのは心そそる土の豊饒な香りで、それもこの

近辺ではなくどこか海近くの土だ。そして……マリファナ。

甘くベタついたマリファナのにおいは、まだ新しい。デニムというやつは吸いこんだ煙を強欲な弁護士並みに食いついて離さないものだが、このにおいは、ごく最近だ。

若者は何も言わず、ただサンドイッチの半分を取り、うつむいてかぶりついた。ランスは見つめつづけた。

「フレズノにガーデンセンターがある」と見つめながら言った。

「あ……ありがとう……」

ぼそぼそ礼を言って、若者はまるで砂が入っていないか慎重にたしかめるようにやたらと噛みつづけていた。明るい瞳があちこち、ランス以外のところをさまよっている。

「旅行の途中か?」とランスはたずねた。

「う、ううん」

「家族がこのあたりに?　それともキャンプか?　長期休暇?」

「僕は、その、この町に引越してきたばかりなんだ」

これは最悪。ランスはわかったような顔でうなずきながら、まだ相手の顔を見据えていた。鼻の下ににじむ汗、肩のこわばり。明らかな緊張のサイン。

「そうか。いや、新しい顔が増えるのはいつでも歓迎だ」

口先だけで、一言も本気ではなかった。あたりにひとが住みつくのに反対というわけではない――ただし問題を起こしそうな奴は別だ。町の秘密をかぎ回りそうな奴も。

「何を育てようって気だ？」

若者が身をこわばらせ、さっと顔を向けて、初めてランスの目をまともに見た。ヘイゼルの瞳がちらっと陰り、瞳孔《どうこう》が縮む。小鼻が広がって、唇の端がピクついた。恐怖。ランスの神経がさらに張りつめる。体に力を溜め、戦いか、逃げ出す相手をとらえる身構えになった。

だが予想は完全に裏切られた。若者はランスの制服を見下ろすと、いきなり笑い出したのだ。

「ああ、そういうこと――お巡りさん！　それでわかった！　なあんだ、てっきり……でも、じゃあ……これでいい？」

若者が顔を寄せ、はああっと、強い息をランスの顔面に浴びせた。

なんだ？

ランスは仰天してまばたきする。

「ほらね？　酔ってなんかいないから。ラリってもないし。そう見える？　徹夜で運転してきたからたしかにへろへろだけど。それに臭うかも。さっき嗅いでたよね。でも僕は何も……」

そこでやっと、ランスの啞然とした顔に気づいたらしい。若者は見事なくらい真っ赤になった。

「うわ、しまった、今、もしかして僕、顔に息を吐きかけたりした？　よね？　ふつうはしないよね……鼻が飲酒検知器になるわけじゃあるまいし。今の本当に失礼だったかも？　ああ、えっと、もう……ごめんなさい」

ランスはまだ状況を分析中だ。若者の息の、深いにおいが鼻の中に残っている——煙草や類似品の気配は一切なし、あるのはチーズとバターとパンの食欲そそるにおいだけ。その下には人間の、何だか甘い、まるで泥遊び中の幼い子供のようなにおいがあった。ありえないくらい心騒ぐ香り。今もまだ鼻が誘われて、相手の口に鼻を突っこんで嗅ぎ回りたいくらいだった。純粋な犬の本能をなだめすかして、この若者の行動を論理的に分析しようとした。

こんなに間抜けな人間がいてたまるか。ランスを惑わそうとしてるのか？　馬鹿みたいな振舞いで？　田舎町の保安官くらい簡単に丸めこめると思って。

ランスは目をほそめた。その声は険しくなっていた。

「名前は？」

「ティ……えーと、ティ、ティモシー……トレイナー。あっ、まずい、もうこんな時間だ！」

若者はサンドイッチの残りを口に詰めこむと、指一本でデニムの袖を上げて、何もはまっていない手首を眺めた。そばかすと産毛《うぶげ》の時計？　口がいっぱいの若者は窮した様子で手をパタパタ振ると、ジャケットのポケットからくくった札を引っぱり出し、五ドル札と一ドル札をカウンターに放って出ていった。

一連の挙動を、ランスは身じろぎもせず見届けた。まずは若者の顔に、次はその車——ボロボロの古いピックアップトラック——に目を据えて。〝ティ、ティモシー〟がその車でメイン通りに出て、はじめはスピード出しすぎで、それからランスの視線に気付いたように不自然にのろのろと去っていくまでずっと。

若者のいた空間にのり出して嗅いでいると、デイジーがやってきた。

「なによ、保安官、あの可哀想な子に何言ったの？　いい子そうだったじゃないの」

「そうだな、口からでたらめばかり言ってなければな」

それと、マリファナがにおってなければ。

デイジーは、生来の人懐っこさとランスへの忠義心の板挟みになっている様子だった。デイジーは第二世代のクイックで、元はレトリーバーの血筋だ。他所者を警戒するような犬種ではない。どんな相手も大好きになる。だからこそデイジーがこのダイナーのウェイトレスを、そしてランスが町の保安官をやっているわけだ。

「あの男がまた店に来たら、連絡をくれ。いいな？」

デイジーはしぶしぶとうなずいた。

「あの子にケーキをおごってあげようと思ってたのに。一文無しなのは嘘じゃないと思うわ。本人はそうは言わなかったけど、そういうのって見ればわかるものよ」

そう。ランスもそこは間違いないと思っている。だが金のない人間は、時に追いつめられて道を踏み外すものなのだ。

ティムは、リンダの家へと続く長い引込み道に車を入れ、木々の間をくねるように抜けてから、丸太作りのキャビンの正面に停めた。ひびの入った赤いダッシュボードをしみじみとなでる。

「お前はこの広い世界で一番のトラックだよ、ベッシィ。いざって時によくがんばってくれたね」

この車がサンタバーバラからマッドクリークの町まで走りきるなんて思いもしなかった――まさしく山のてっぺんまで。オドメーターに表示された車の合計走行距離は12万マイル、それも楽観的な見方をすれば、だ。どうせ99万９９９９マイルをひと回りして再カウント中に違いない。整備とオイル交換の頃合いもとっくにすぎている。ティムに（1）金（2）時間、が足りないせいで。なので、何の準備もなく急いで逃げ出そうとした時、車は長旅に出られるような状態ではなかった。

ティム自身も。

それでも、一緒にここまでたどりついた。

人里離れたところで立ち往生する不安のあまり、旅の道連れに若いヒッチハイカーを拾ったりもした。特に害のない若者だったが、ラリっていて、マリファナをぷんぷん匂わせながら一言ごとにティムを「マブダチ」と呼んだ。フレズノで彼を降ろした時、別れを惜しむ気にはなれなかった。

　ティムは溜息をつき、冷めていくベッシィのエンジンが脱力してきしむのを聞いていた。車から下りて、後ろに積んだ袋を引っぱり出しにかかる。六つの大きなゴミ袋にティムの全財産がおさまっていた。プラス、昔のガーデニング用具箱。用具はどれもティムの私物だった。個人でガーデニングサービスをしていた頃の物だ。

（枝一本、種一粒、植木鉢一つくすねてみろ、必ず後悔させてやるぞ！）

　あのガーデニングサービスの仕事はティムがまだ十二歳の頃に始めたもので、芝刈り機や落ち葉のブロワーなど大型の道具は、後にルーツ・オブ・ライフ社で働き出した十八の時に売ってしまったが、小さなものはいつか家でガーデニングをしようと取ってあった。いつか、家を持てたらと。

　ビニール袋と箱を玄関ポーチに置くと、ティムは周囲をゆっくり見回し、すがすがしく木々が香る空気を吸いこんだ。

　ちょっとボロい小屋、というリンダの言葉は謙遜ではなかったようだ。話だと地元の男性に手入れをまかせてあって、月に一度庭の手入れや家の点検をしてもらっているはずだった。だが、その便利屋さんが近ごろ訪れた気配はない。芝生ももう刈り込み時だ。この三月に、初めて実感した春の息吹。嵐が残した枯れ枝も散らかっている。砂利の引込み道はでこぼこで、雑草が一面にはびこっている。建物のほうは……。

ティムは手をのばして、扉横の古びた丸太壁へ、軽く手のひらを這わせた。

この小屋が、家になるのだ。とりあえずこれから六ヵ月は。頬もゆるむし、同時に不安にドキドキする。六ヵ月しかない。リンダからの家賃免除のお返しに、その間にこれまで誰も成功しなかった新種のバラを作り出し、六ヵ月のうちに育てたものを売って利益を上げ、猶予期間が切れても家賃を払えるところまでいかないと。しかも、何もないところからのスタートだ。古い箱の中にあるいくつかの軍手とタオルと小さな草抜き器、ほかのあれこれだけで。口座には残り一五〇〇ドル。それで全部。

(お前が何か育てて売ろうとしてると耳にしようもんなら、一息も置かず、間髪入れずにお前を訴えてやるからな！　自分ひとりで何かできるとでも思うのか？　虫けら同然の対人スキルしかないくせに。たとえドナルド・トランプから手とり足とり教わったって、お前にビジネスができるもんか)

痛みと怒りが胸につまって、ティムは強くまばたきした。マーシャルのためにあれだけのことをして……二人はビジネスパートナーだと思ってきた。それなのにそのパートナーシップの実態が、ティムが働いて、利益はマーシャルがひとりじめ、おまけにすべての新種がマーシャルの名前で品種登録されていたと知ったのだ。ティムは深く息を吸いこんで、また周囲を見回し、高い松の木やその向こうの青い山脈を見やった。シエラネバダ山脈の絶景。

今ここに、マッドクリークの町に、この美しい場所にこうして立っている。とりあえずの寝床と仕事もある。きっとうまくいく。それ以上に、この場所を楽しむ気だった。自分の居場所と呼べるところに住むのはこれが初めてだ。存分に味わいたい。

　身震いとともに、ふっとダイナーでの出来事を思い出していた。あの男にまた出くわさなければ、きっと大丈夫だ。あれは一体？　あの……あの黒髪で青い目のイケメンはティムのパーソナルスペースを侵害し、彼のにおいを、嗅いで、奇妙に強烈な目でじっとこっちを見据えたのだ。あんな目つきは初めてだ。誘いじゃない。むしろあれは――「ここを去れ、今すぐ。ふわははははは！」って感じ。なんなんだ？　ほんの一瞬被害妄想に駆られたティムは、あの男がマーシャルから差し向けられたのかと疑ったくらいだ。そんな馬鹿な、マーシャルはティムがここにいることすら知らないのに。だろう？　町に着いたばかりで？　マッドクリークにいることはリンダしか知らない。

　そしてあのダイナーで、案の定、ティムは赤っ恥をかいた。人間相手だといつもああなる。とんだ笑いものだ。

　はあっと、溜息をついた。まあいい。どうせまた会うこともないだろうし。

　リンダから教わった隠し場所から鍵を取ると、家の中に袋を放りこみ、ティムは温室を探しに向かった。

2　温室の秘密

「ねえランス！　明日行ってきなさいよ、あの子のにおいを覚えに。見たこともないくらい愛らしい黒毛の子よ！　目がね、もうあなたと同じくらい青くってね！」

ランスは相づちをうなって、ビーフシチューをもう一口食べた。一日中マクガーバー家でジェインの出産を手伝っていたはずの母にどうしてシチューを作る時間があったのかは謎だ。もっとも、泉から水が湧くごとく、彼の母は料理をもたらすのだ。それはただ周囲に溢れ出す。

「サマンサはまだ生まれて一日たらずだ」とランスは反論した。「においを覚える時間はたっぷりある」

「まあ、まあ！」

母はやっとキッチン歩き回るのをやめて、自分のシチューの皿を手に腰を下ろした。

「一目でわかったのよ、あの子も〝活性《クイック》〟だって。指先が広くてふっくらと盛り上がってて――なんて可愛いのかしら！」

「そりゃクイックだろう。片親がクイックなんだから、何の不思議もない」

「クイックの赤ちゃんほど可愛らしいものはないわよ」母が言いつのる。「赤ちゃんと子犬をひとまとめにしたみたいで」

お得意の言い回しだ。赤ん坊のクイックを見ると、母は必ずそう言う。だがランスから見るとどれも人間の赤ん坊と同じだ。そう思って見れば鼻が少し丸っこく、生まれもった小さな歯を隠した唇が少しぷっくりしているかもしれないが。たしかに典型的なクイックの手をして、指が太く、角張った指球が盛り上がってもいるし。だがその程度だ。大体のクイックの子供は五、六歳とか、時には思春期になるまで変身もできないし、子犬っぽいところなどかけらもない。

ランスはもう一口食べ、さらなる赤ちゃんトークにそなえた。助産婦役をやると母はいつもそうなる。

母がスプーンを下ろして、ランスを見つめた。

「ランス、どうしてリジーをデートに誘わないの？　お似合いよ、あなたたち」

こっちに来たか。予知スキルプラス1、忍耐力マイナス2。

「母さん、これまで五万回は聞かれてきたが、答えは変わらない。俺は結婚にも家庭にも興味はない。ほかにできた孫で満足してくれ」

ランスには合計六人の姪と甥がいるし、四人の兄や姉が今後もっと増やしてくれるに違いなかった。

母が目をほそめた。ランスをどう言いくるめようか計算している顔だ。諦めてはくれないだろうし、この先何年もランスを悩ませられるくらい健康だ。

リリー・ビューフォートは、五十五歳にしては若い。ランスの兄のロニーとロウニーを生んだ時、彼女はまだ十九歳だった。今でも潑剌《はつらつ》として、体も引き締まり、同年代の人間十人分の活力にあふれていた。髪は黒々と豊かで、夜闇の銀のリボンのようにわずかに銀色の筋が入っている。クイックらしく、やはり化粧はまったくせず、派手さのない実用的な服を好んだが、見る者の目を奪った。何の手間もかけずにそのままできれいだ。

同時に、最高に面倒臭い存在だった。ランスは、人間たちがユダヤ系の母親たちの強情さを愚痴っているのを耳にしたことがある。実情は知らないが、もし彼の母に比肩《ひけん》できる存在がいるというならまさに驚異だ。両親ともからボーダーコリーの血統を受け継ぎ、群れをまとめる本能を持つクイックの母に。

ランスは目を合わせず、反論もしなかった。話がこじれるだけだ。食欲は失せていたが、シチューに集中した。

「もう三十一歳でしょ、ランス。いくつになったら身を固めるの？」

「一生ないかもしれない」ランスはきっぱり言った。「俺の気持ちは言っただろう。この町が、俺の家族なんだ。俺の群れだ。それで手一杯だよ。それに、危険だ。俺には妻や子に何かを与えられるような余裕はないし、半端にやるならやらないほうがいい」

「お父さんにそっくりなんだから！」リリーの息には後悔と愛情がこもっていた。「何でもそう考えつめて。いつかあのひとみたいに心臓発作起こしちゃうわよ」

その声の悲しみに、ランスの胸もぐっと締めつけられた。父は、たしかに働きすぎで死んだ。皆が知っている。しかし立派な男だった。

「それでもお父さんには、私たちという支えがいた。あなたも自分のためだけの絆を見つけなきゃ」とリリーは言いつのった。「町は心を満たしてはくれないのよ、ダーリン」

「絆はある。母さんとも、ロニーやロウニー、サリーとサム、それに皆の子供も。友達もいる」

「それとは違うの。よく聞きなさい！　あなたが絆を選ぶか、でなきゃ絆のほうからやってくるわよ。私はね、あなたが欲求を無視してたせいでどこかの適当な誰かさんにコロリといっちゃうようなことにはなってほしくないの！　いいから、素敵なクイックのお嬢さんと絆を結べるチャンスを自分にあげなさいって」

　この話は、新しい。ランスはわけもわからずまばたきして母を見つめ、意味不明な理屈だと片付けた。シチューを一口食べる。

「とにかく、別にこのあたりでギャングが縄張り争いしてるとか、犬の捕獲人が大挙して押し寄せてきてるわけでもないでしょ」フン、と母が息をついた。「二十四時間年中無休で保安官をやる必要ってあるの？　あの素敵なローマン・チャーズガードだって町に住むようになったんだし、あのひとが仕事を少し助けてくれるかも。トラブルの扱いには慣れてるみたいよ。トラブルなんかここにあればね。ないけどもね！」

だがランスの耳は、母の声におかしな響きを聞きとっていた。口ではなんと言おうと、彼女もランスに負けない心配性だ。そういう家系なのだ。マッドクリークの町が心配でならない。常に。

ランスは、昼にダイナーで行き合った若者を思い出し、顔をしかめた。

「何?」とリリーがさっと背をのばす。

「マリポサで先月起きた発砲事件、話したよな?」

「ドラッグ絡みの?」

ランスはうなずいた。

「マリポサ郡じゃ、マリファナの栽培業者に手を焼いている。マリファナ農場同士で戦争まで起きている。しかもどうやら、メキシコの麻薬カルテルまでもがシエラネバダ山脈への進出を狙っているらしい。数年のうちにカリフォルニアでマリファナが合法化されると見越して、どいつも足場を作ろうとしている。ここでそんなことを許すわけにはいかないんだ」

ランスの声が段々と固くなり、母はそわそわ身じろいだ。

「それは……この町には縁のないことよね？　マリポサとは一五〇キロ以上離れてるんだし！マッドクリークでこれまでマリファナの問題なんかなかったもの」

「これまでは。決して許すわけにはいかない。人目が集まったらここは終わりだ。わかってるだろ」

マッドクリークの町は、どこに行くでもない道の途中にある小さく静かな町だ。ヨセミテ国立公園やマンモス・レイクスなどの観光地と直線距離では近くとも、人気の場所からは何時間もかかる。それに山を越えてネバダ州に行くのなら、マッドクリークを抜けるたよりない山道よりもっと早くて楽な道がほかにある。

それでいいのだ。マッドクリークには世間に知られるわけにはいかない秘密があって、その秘密と、クイックの群れの仲間を守らねばならないランスには、私生活にかまっている暇などない。

「下らない――ドラッグ？　そんなのここではあるわけないわ。大体ねえ、あ、あなたの縄張りに入ろうとするなんて相手に同情しちゃうわよ」

母は脅威をあっさりいなして、また赤ん坊のことをランスに売りこもうとする。だが見るからに安心しきれてはいなかった。

ふっと、ランスの頭の中にダイナーで会った若者の姿がはっきり浮かんだ。ヘイゼルの瞳の輝き。ジーンズに包まれた長く不器用な脚。額でバサバサともつれた前髪。ひどく逃げ腰だった彼が、ぱっと勢いづいて、その勢いのままランスの顔に息を吐きかけてから慌てふためいていた様子。

「何を笑っているの？」とリリーが驚き顔で聞いた。

ランスは真顔になる。

「何も」

「へえええ？」

母は鷹のような目でランスを見ていた。もしくはボーダーコリーのような目で。

大した話じゃない。あの男を見れば母にもわかる。怪しい男だ、たしかに。だが後から思えば妙に可愛らしかった。多分、赤ん坊のサマンサよりずっと。

おかしなことを考えている自分に、ランスは眉をひそめた。

「何かあったのね、まだ話してないことが。何よ？」

リリーから問いつめられる。

ふとそんな気になった。ランスが母に隠しごとをするのは珍しい。珍しいというか、これまでなかったことだ。彼はテーブルに手のひらを当てて、さり気ないふりでのびをすると、だらりと椅子にもたれてニヤッと母に笑いかけた。眉を上げてみせる。

「ランス！」

つまらないことで母をキリキリさせるのは利口ではないが。だがいたずらな気分になるのはランスには滅多にないことで、調子に乗らずにはいられなかった。

「何も特別なことのない一日だった」

真っ赤な嘘を言いきった。

母は鼻をクンクンとうごめかせ、威厳に満ちた「ふん！」という反応を返した。

並べたトレイの前に立ち、ティムは深呼吸した。時は来た。これまでの努力が実を結ぶのかためされる時が。

この三日間働きづめで、温室をまともな状態まで持ってきた。温室の中はクモやネズミや干からびた植物、汚れた鉢の山であふれ、バンダナをマスクがわりにしないと掃き出せないくらい分厚い埃に覆われていたのだ。窓のひび割れを補修し、作業台の脚を直し、フレズノまで行って種蒔き用にわずかな資材を買いこんできた。

そしてついに、温室が手に入った。見るべきほどのものもないし、情けないほど何もかも足りない。だが日の出から木の影が窓にかかる午後三時までの間、温室は素晴らしい陽光に恵まれていた。それにここは、ティムのものだ。

ナイフを取り上げると、ティムは〈A〉の袋から出したローズヒップのひとつを慎重に切り、傷つけないようそっと中の種を絞り出した。〈A〉の実はワイルド・ブルー・ヨンダーとノスタルジーとの交配だ。実の中にしっかり膨らんだ種が十個ほどもあったのでほっとした。中でも大きな種を選り抜き、木製の園芸ラベルの先を使ってトレイの一インチ四方の土へと注意深く押しこんでいった。最初のトレイが〈A〉の種でいっぱいになると、次のバラの実の袋を開けた。

バラの実は二十組あって、それぞれ別の交配から採種したものだ。去年の九月に父種のバラの雄しべと母種の雌しべをそっと擦り合わせ、実が成熟すると氷温で保存した。それきり私物の冷蔵庫内、マーシャルのガレージ二階にあるティムのワンルームの住み家に置きっぱなしだった。サンタバーバラを逃げ出すあの夜まで。ティムの部屋に置かれていたのは、単にケチなマーシャルが会社の温室に冷蔵庫を置いてなかったからだ。

ケチでよかった。なにせ六ヵ月で新種のバラの交配なんて無理だし、素敵なバラを作ってあげるという約束なしではティムは今ごろホームレスだったのだ。

「美しく育てよ」

黒土に埋まった小さな種へ囁きかけた。土の表面を霧吹きで湿らせ、おまじないをかける。

「愛らしく強く育て。そしてもし、紫の覆輪入りのアイボリーの花がひとつでもできてくれたら、一生恩に着る」

もう後は、待つしかない。分が悪いのはわかっている。二百回の交配の末にやっと育てるに足るバラが一輪生まれるかどうかだし、賞を取ったりまったく新しいバラとなると……だが本当によい親株を選んで交配させたのだ、ならひょっとして……。

いや、もう待つしかない。バラの苗が育つのを待って、その間にほかの種を何百枚ものトレイに植えてこの温室いっぱいにするのだ。そっちは平凡なよくある種で、その野菜で小規模な菜園を作れたらと思っていた。

ティムは、候補落ちした残りの種を袋に入れ、それと残ったバラの実を大きなステンレスボウルに入れた。家に持ち帰ろうと振り返ると、そこに……。

――温室のガラスごしにじっと彼を見つめる顔があった。

悲鳴を上げ、ティムは両手を振り上げた。パニックで、ボウルが宙にとぶ。耳が割れるような音を立てて落ちた。

いや待て。知ってる顔だ。ダイナーにいた保安官事務所の男だ。男は一瞬ニヤッとしてから、すぐに例の渋面《じゅうめん》に戻った。その一瞬で充分だ。笑われるのは不愉快。ティムは目をほそめ、つかつか歩いていくと、ドアを一気に引き開けた。

「びっくりしたじゃないか！」

「それは失礼した」

男は、すっかり権力の空気をまとっていた。晴れた空の下でミラーサングラスをかけている。『白バイ野郎ジョン&パンチ』のエリック・エストラーダのコスプレのようでもあるが、もっとイケてる。ヤバいくらい。がっしりした顎にセクシーなひげ痕、肉感的な唇。鼻は大きめだが男っぽい顔によく合っている。しかもなんて見事な肉体だろう。全身が締まった筋肉で、下腹に脂肪なんかなきに等しい。その上ぴったりした制服のズボンごしでもわかる見事な太腿、さらに……さらに、とにかく全身、凄い。

ティムの、状況的には正当な怒りが、一瞬で蒸発した。気まずさにひしひしと包まれる。

「うん」と弱々しく返した。

「ここは温室かな?」

男は行儀よくたずねたが、礼儀などかけらも感じられない。ティムを押しのけて中へ入っていこうというようにこちらへ踏み出した。ティムが入り口に立っている以上、入るにはそうなるだろう。肩ごしに振り返ったティムは、ボウルが落ちたあたりに散乱しているバラの実に気付いた。まずい。

「駄目だ!」

ティムは怒鳴った。温室から出て、きっぱりとドアを閉める。

「ここは……ええと、あれだ、その、無菌室にしてるんだ! 今は誰も入れない、悪いけど」

男はティムを上から下までじっくりと眺め、小鼻をふくらませて、においを嗅いだ。サングラスで目は隠れているが、どんな目つきかは想像がつく。ティムはひどい格好で、温室掃除の埃と土にまみれ、その上きっと臭うだろう。

無菌室? もっとマシな言い訳はなかったのか。

「ねえ! 喉が乾いてきたよね、そっちはどう、何か飲む? ほらたとえば……なにか飲みたい? 水があるけど。いや、水じゃあんまりだよね。じゃあコーヒー? コーヒー好き? だって好きじゃない人もいるから。ビールとかは何もないんだ、いやあってもかまわないんだけどね、僕は二十一はすぎてるから合法だし、そうでなくとも家の中の飲酒はかまわないし。つまりほら、車の中でボトル開けてるとかそういうのでなければ。いやでもやっぱり勤務中にビール飲んだりはしないよね？　そういうことはまずしそうにないもんね、お巡りさんは」

ティムは自分の口を手でふさいだ。

男はサングラスを外し、そのレンズのせいでティムが調子っぱずれに見えるのかたしかめるようにティムをじっと凝視した。

うわあ。目が青い。それはそれは明るい青だ。最高の秋の日の、浅い空の色のような青。その上、この目つきときたら……ティムはこれまでこんなふうに見つめられたことはない。心の深くに入りこんで、暗い隅っこにあるクモの巣まで全部暴いて回ろうというような。ティムはぶるっと身震いした。

男は、未練がましくもう一度温室をのぞきこむと、ティムへ一歩寄った。

「いいだろう。コーヒー。飲もうか」

男が迫ってくるので、ティムは家のほうへ動き出すしかなかった。わかった、どう、どう。パーソナルスペースの尊重をよろしく。

「そうしよう！」

ティムは明るく言うと、ぴったり寄ってくる男をつれて、家へと向かった。

ランスは段々と、この男〝ティ・ティモシー〟には二つの会話モードがあるのだとつかんできた。ぼそぼそモードと、ハイテンションモード。ランスを家に案内していく今のティムはぼそぼそモードで、中に入るとキッチンでコーヒーまわりをガタガタやりはじめた。まずカップを落とし、安っぽい白い陶器のマグが粉々に砕け散る。次は難敵に挑むようにコーヒーフィルターに取りかかった。ランスは一言も言わずにそれを見ていた。可愛いなんて、絶対に思ってやるものか。全然思わないからな。

コーヒーが沸く間、少し家の中をうろついてすべて見て回った。大して見るものもない。古びた家具はあきらかにこの小屋にそなえつけの家具で、現在の住人の所有物はほとんどなく、空に近い本棚に並ぶ一列の本だけ。ランスはタイトルをじっくり眺めた。園芸や作物に関する本、いくつか植物学の専門的な本もあった。

マリファナ栽培についての本はない。だがいくらこの男が間抜けでも、人目につく場所にそんな本は置かないだろう。部屋にはマリファナのにおいもしなかった。今日のところは、この男からも。だが、この間のにおいは勘違いではない。

自分の意図が見え見えなのはわかっていたが、隠すつもりもない。はっきりとつきつけてやりたかった。お前がどんな違法行為をする気かしらんが、隠しおおせると思うな。この町にはい、い、い、俺がい、い、い、いるんだぞ。

あの温室で何をしようとしている？　ランスが中へ入るのを——植えているものを見られる

のを――あんなにあわてて止めたティモシー……じつに気に入らない。こいつは何かたくらんでる。

いつもならランスはひとを判断する直感には自信があったが、ティモシーのこととなるとさっぱりわからなかった。何か隠しているのは確実だ。だがその一方、ティモシーはあまりにも純朴で無器用に見えた。その純真さに、ランスの犬の部分がしっぽを振りたくなるくらい。だがこれも芝居に違いないのだ――そのはずだ。ころりとだまされてなるものか。

キッチンへ戻ると、ティモシーがコーヒーを注いでいた。ランスは息をつめたが、それ以上何かが壊れたりひっくり返るような惨事は起きなかった。

ランスは何気なくたずねる。

「ここを買ったのか？」

「僕が？　まさか」とティモシーは小さく、淋しげに笑った。

「借り物か？」

「クリーム入れる？　いや、実際は牛乳しかないけど。低脂肪乳。ごめん。砂糖もない、蜂蜜ならあるけどちょっと結晶化しちゃって、体に悪いとかじゃないけど、そのはずだけど、まあコーヒーに蜂蜜もあまり入れないよね普通。たとえ、ほら、採れたての蜜なんかでも。でも紅茶には蜂蜜入れるんだけどね。だからやっぱ、コーヒーだって！　甘いのが好きなのに砂糖がない時とか、特にね。そうは言っても、普通はそもそも砂糖を切らしたりしないものだろうけど……」

ランスはしゃべりまくるティモシーをしばらく放っておいた。こいつは嘘がド下手か、とてつもない嘘つきのどちらかだ。

ついにティモシーは言葉が尽きて、期待の目を向けながら、カップを持ってつっ立っていた。

「ブラックで」とランスはカップを受け取る。

「そう……」

ティモシーが赤くなった。

この男がもしこれでランスの気をそらせると思っているのなら——なめるな——とんだ思い上がりというものだ。

「で。ここを借りているのか?」

「ええと。まあ、うん、そんな感じ」

「誰から……?」

「リンダ・フィッツギボンズ」

すらすら答えながらティモシーはまた赤くなった。

前もって地主を調べておいたので、嘘じゃないのはわかった。少なくとも、勝手に上がりこんだ流れ者ではないということだ。ランスがつかんだ限り、フィッツギボンズ家はこのブロード・イーグル通りのキャビンを二十二年にわたって所有しているが、別荘としてもほとんど使っていない。ランスにも彼らの顔が思い出せなかった。このあたりの全員を把握しているランスですら。

「ほう？　それは、どれだけの対価で？」

ランスはコーヒーを飲んだ。意外なことに、美味しかった。

「ええと……今のところは、な、なにも……なんて言うか、その、いわゆる……」

ティモシーが不安そうに言葉を途切らせた。

「交換条件？」とランスは水を向ける。

「そうそれ！」とティモシーの顔が輝いた。

「対価として、彼女に収益の一部を渡す？」

「そういうこと！」

ティモシーは説明せずにわかってもらえてほっとした様子で、ニコニコしていた。ランスはただ彼を見据える。ティモシーの笑みが曇った。

「というか……ええと……どうかした？」

ランスは背をのばし、コーヒーマグをゆっくりと置いた。右手を腰のそば、拳銃の近くへ添える。

「一体ここで何を育てるつもりだ、ミスター・トレイナー？」

一瞬、ティモシーは怯えた顔になった。それから不意に気骨を見せる——もしくは軟弱なふりをやめただけか。長身をしゃんと伸ばし、顔に怒りを浮かべ、警戒心をあらわにした。

「失礼、ビューフォート巡査。あなたには関係ないでしょう。礼儀正しく接しようとしてきましたけど、あなたは――」

「ビューフォート保安官だ」

「え――えっ？」

ティモシーは当惑顔でランスの上着のバッジを見やった。

「たしかに〝保安官〟て入ってるけど、てっきり保安官事務所のひとってことかと――つまり――」

「俺が保安官だ」ランスはさえぎった。「保安官ランス・ビューフォート」

ティモシーは感銘を受けるよりも困惑顔だった。

「じゃあ……その保安官がどうして僕につきまとうんだ？　僕みたいな、なんでもない……」

奇妙な、小さな笑いをこぼしたが、その目には恐怖が粘りついていた。

ランスは一歩距離をつめ、圧力をかける。

「単純な質問だ。ここで何を育ててるつもりだ、ミスター・トレイナー？」

「あなたには関係のないことだ、ビューフォート保安官」

ティモシーは一歩も引かず、驚いたことにランスの視線を受けとめた。くいと強情に顎まで上げて。

ヘイゼルの目でじっとにらみ返されて、ランスは不思議な震えを感じた。背骨のつけ根からエネルギーがわき出し、トクトク、トクンというリズムが心臓の上を、ステージ上のタップダンサーのように駆け抜けていく。反抗や拒否というものに、ランスは慣れていない。ランスが跳べと命じれば町の皆は卓球の玉のように飛び跳ねる。

目は挑戦的だったが、ティモシーの下唇は震えていた。ランスはその口元を見つめた。

「……まだしなきゃならない作業があるから」いきなり、ティモシーがそう言った。「次また来る気なら、令状でも持ってきて」

ランスはティモシーの目を見つめ返して、無言でいた。

「それに、この町の新入り歓迎会は改善の余地があるよ。優しそうな老婦人たちにおまかせするとか。手土産の果物かごもよろしく！」

そう言い放つと、ティモシー・トレイナーは玄関まで行進していき、ランスに向けて扉を開け放った。

3　犬も歩けば…

「ミセス・フィッツギボンズ？　こちらはマッドクリークのビューフォート保安官です」

ティモシー・トレイナーに家から蹴り出されてから数日経っていた。ランスはしばらく忙しかった。町にやってきた強面《こわもて》のバイク乗りたちの一群をその革ジャン姿はどこか別のところで見せびらかしてくれと説得し、国立森林公園内で行方不明になった二人のハイカーがいるかもと、近くの森を捜索する。ハイカーたちがこんな南外れまで迷いこむとは思えないが、とりあえず探した。ありがたいことにほかの捜索隊がアルパイン湖近くでハイカーを見つけた。加えて町議会での報告。その上母から、まさに首根っこを引っつかまれて、マクガーバー家まで生まれたてのサマンサを見に出かけた。

サマンサは、それは可愛かった。腕の中でぬくぬくして。悪くない。そこに異論はない。

だが何をしていようとも、あのもさっとした茶髪の若者——濃い麦わらみたいな髪の——が常に心から離れなかった。

この手のことには第六感が働く。今でもそのランスの勘が、ティモシーについて囁いてくる。あの男はトラブルそのものか、トラブルに巻きこまれているかのどちらかだ。これまでティモシー・トレイナーを見てきた限り、両方でも驚かない。

電話の向こうでミセス・フィッツギボンズの声が少し曇った。

『保安官？　何のご用でしょう？　何かありまして？』

「いえいえ、何も。通常業務の一環です。マッドクリークのキャビンを今、人に貸していますね？」

『それは……ええ、貸してます』

「とにかく、今そこに誰かが滞在しているのをお知らせしておこうかと」

『それは、ええ、知ってますとも』

「よかった。貸した相手の名前を教えていただいてもいいですか？」

ランスは、ペンの先で机の上の書類をコツコツ叩きながら待った。

『それって……本当に、何か起きたんじゃないんですか？』

「何もないですよ、ミセス・フィッツギボンズ。ただ我々は、いつもは無人の家に勝手に誰かが入りこまないように目をくばっているだけです」

『はあ。まあ、今は無人じゃありませんけどね。家にもきっとそのほうがいいのよね。貸した相手は、ティムよ。ティム・ウェストン。とってもいい子でね』

ティ、ティム？　おやおや。

「彼はこのあたりの出身ですか？」

『いいえ、こっちで会ったのよ。つまり、今の住居のあたりでね』

ミセス・フィッツギボンズは妙にぼかした言い方をして、あやしみはじめている様子だった。もう一押しだけ。

「なるほど。彼がここで何をするつもりかは聞いていますか？　家の手入れ？　庭掃除？」

向こう側から沈黙が返ってきた。

『……知らないわ。別に何をしてもらってもかまわないし』

その声は何かを隠していた。

「わかりました。どうも、お時間を取らせまして、ミセス・フィッツギボンズ。とても参考になりました」


サインが必要な請求書をリーサが持ってきて、次には助手のチャーリー・スミスが無駄話をしていった。チャーリーはブラッドハウンドの血統だ。とびぬけた追跡能力を持ち、トラブルとなれば粘り強さを発揮したが、お利口さんとは言いがたいところがある。

ひとりに戻ると、ランスは前にも増してじりじりして、気が急《せ》いてきた。ティモシーは、嘘の名前を名乗っていた。まあそこは驚きではない。問題なのは、何故そんなことを？　このままにはしておけない。

ためらったが、結局は電話を取ってフレズノの警察本署にいるサム・ミラーにかけた。いつもはフレズノとのかかわりをできる限り避け、注意を引かないようにしている。だが向こうにはランスにはない情報網がある。

「ティム・ウェストンの身元照会をたのみたい。最近までサンタバーバラに住んでいて、ティモシー・トレイナーとも名乗っている」

ミセス・フィッツギボンズが言いたがらなくとも、彼女の今の住所くらいデータベースに入っているのだ。

『わかった。何を知りたい？』とサムがたずねた。

ランスがマリファナについての疑惑を話すと、サムはすぐにたしかめると請け合ってくれた。それから、フレズノでのギャングたちの活動についてさらに恐ろしい話を聞かされた。フレズノはカリフォルニアの山脈入り口にある町で、そこでギャングが活発化しているという話はランスの心を鎮めてはくれなかった。

サムとの電話も終わらぬうちから、あの〝ティム・ウェストン〟が何をたくらんでいるのか真剣に探り出さねばとランスは心を決めていた。

もっとずっと、本格的に。

ティムはピックアップトラックのベッシィをなだめすかしつつ、町なかから小屋まで上り坂を走らせた。追加の資材を買いにフレズノに行かねばならず、帰り道には天気がすっかり雨から雪に変わっていた。春先の雪だ、明日の昼には溶けるだろうが、今はきれいな眺めだった。しかし坂は急勾配で、いずれベッシィの小さなエンジンが道半ばで息絶える日が来るだろう。幸い、今日は白くなった道に果敢に挑んでくれていた。

一番安い種まきトレイを、追加で二ダース買いこんできた。長くは使えないが、最初のシーズンにはこと足りる。ついでにコストコで箱入りのマカロニ&チーズとツナ缶を山と買いこんだ。マッドクリークの小さな雑貨屋の商品よりはるかに安い。

マッドクリーク。この町に段々と愛着がわいてきていた。気に入っている。ずっと南カリフォルニア暮らしだったティムは、ほかへ行ったことがなかった。だが、森と言えば『13日の金曜日』やほかのホラー映画でズタズタにされるシーンのイメージしかなかったティムだが、実際に森にいると心が落ちついた。古い分厚いジャンパーがやっと役に立つこの冷たい空気が大好きだ。木々と生命力にあふれたここの匂いが、前の陽光と砂の匂いよりも好きだ。平均二十度の晴天ばかりに慣れきった身にはどんな天気の変化も物珍しく映った。こっちに来てからはほぼ曇りで涼しく、その上この雪！　まるで天国！

マッドクリークのすべてが気に入っていた。まあ一応、ビューフォート保安官は例外として。あの日彼に言い返した自分が信じられなかった。だが、誰かの言いなりになるのはもうまっぴらなのだ。父親、そしてマーシャルとのことがあって、ティムはもうお人好しでいるのはやめようと、誰にも踏みつけにされるものかと、心に決めていた。そうしなければ自分があまりにもみじめだ。

あの保安官は男前であるにしても、権力をふりかざすタイプに違いない。己の力をひけらかしていい気になっている。ここはリンダの土地なのだからあの男が入ってくる権利はないはずだし、ティムがそれに付き合ってやる必要もない。何も悪いことはしていないのだから。

まあ……少しはしているだろうか。あのバラの実の所有権は、厳密にはルーツ・オブ・ライフ社にある。あの馬鹿げた雇用契約のおかげで、雇用期間中のティムのあらゆる行為、あらゆるアイデア、とにかくありとあらゆる所有権が会社にあるからだ。家で交配したバラであっても。だが、マーシャルはこれまでティムでがっぽり稼いだし、このバラの実のことは存在すら知らないはずだ。

……その、はずだ。

大体、これしか手はない。身ひとつの再出発はいいとして、バラは……バラは時間がかかるものだ。手間と愛情も。それもたっぷり。

雪の勢いが増し、霜とり機が必死で風を吐いているが追いつかない。ティムと同じく、ベッシィもこんな天候を体験するのは初めてだ。雪は素敵なだけではないのかも——外で降られている時は。幸いもうすぐ家だ。玄関ポーチのライトが見える。

引込み道へ入る時にハンドルを切り損ね、タイヤが大きな穴にガタンと落ちて、車体がきしんだ。穴を乗り越えようとティムが強くアクセルを踏みこんだ、まさにその瞬間、小走りに家の方から駆けてくる黒犬が目に入った。まっすぐこちらめがけて。

車が前へとび出す。ティムは悲鳴とともにブレーキを踏みこみ、そして――。

車のフロントの片側でドサッと音がして、犬の苦痛の声が上がった。

今にも吐きそうになりながら、ティムは車のギアをパーキングに入れた。

「なんで、こんな、そんな――たのむから、そんな……」

車を出て前へすっとんでいく。黒い犬が雪と泥の中に横たわっていた。ふさふさした長いしっぽのコリーの雑種みたいな犬で、豊かな毛並みに落ちた雪がたちまちに溶けていく。その雄犬は――まちがいなく雄だ――右肩を下にして土に倒れ、口を開けて舌を垂らしていた。前足で弱々しく宙をかく。

「なんてかわいそうに――」

ティムは雪や泥にかまわず両手と膝をついた。犬に手をのばしかけて、嚙んでくるかもと思いとどまる。嚙まれても仕方ないが。ティムだって車ではねられたら相手を嚙んでやりたい。

「ええと……大丈夫？　いや大丈夫なわけがないよね。どこか痛い？　手が痛いの？」

近づきかねて、ティムの手が宙を泳いだ。

犬が目を開けた。青い目――とても素敵な青だ。ティムをすがるように見る。獰猛そうには見えなかった。

　ティムは泣きそうだった。おずおずと犬の頭に手をのせ、なるべく優しくなでる。

「本当に、本当にごめんよ！　停まろうとしたんだ。ああもうなんてこと！　今助けを呼ぶから心配いらないよ」

　犬が立ち上がろうとしたが、ティムはその体を濡れた地面へビシャッと押し戻した。

「駄目だよ、動かないで！　悪くなったらどうするんだ。じっとしててくれ、いいね？　お願いだから」

　なんてことだ。動物を傷つけたりなんか絶対無理なのに、犬を車ではねるなんて。たしかにあまりスピードは出ていなかったが、ちょうどアクセルを踏みこんで穴からとび出したところだったし、どんな怪我をさせてしまったことか。

　片手で犬をなでてそのまま地面に寝かせておこうとしながら、ティムはもう片手でポケットから携帯を引っぱり出した。

　だが。いや。このあたりの獣医などわからない。思いあまって救急の911へかけた。

「もしもし、申し訳ないんですが、獣医に連絡をとる方法がわかればと……」

　喉にこもったような、取り乱す寸前の声になっていた。

「犬をはねちゃったんです。マッドクリークで。ええと……それはわからない。意識はあります。こっちを見てるし。っていうか、にらんでるし」

　まさに、にらみつけられていた。犬は自分の体の下の雪混じりの泥をじろりと見てから、刺すような目つきをティムへ向けた。

「がんばれ、いい子だから」ティムは甘くなだめすかした。「助けを呼んでるから」

救急のオペレーターは犬好きで、こころよく協力してくれた上にティムを励ましてくれた。

『とにかく動かしちゃ駄目よ。マッドクリークにある二十四時間対応の動物救急につないであげる。がんばって！　大したことないといいわね』

その二十四時間対応の動物救急は、待機中の獣医をすぐ向かわせると言ってくれた。電話の女性が、警察にも知らせたほうがいいかとたずねる。

ティムが答えるより早く、黒犬が苛ついた吠え声を立てた。また起き上がろうとする。

「しいっ、いい子だから……どうしよう。通報したほうがいいのかな。警察に？　はねるつもりなんかなかったんだけど……」

ティムの脳内に、哀れでかよわい犬をはねた自分を軽蔑の目で見下ろす執念深いあの保安官の姿が浮かぶ。ティムに手錠をかけて身体検査をしてから、銃殺隊を呼ぶかもしれない。

いい男からの身体検査……いや今はそこじゃない。

ティムの声の罪悪感とおののきが聞こえたのだろう、受付の女性は彼をなだめにかかった。

『いいのよ、しなくても！　どう、マクガーバー先生に診てもらって、それから通報については先生に聞いてみたら。ね？　もう着くはずだから』

あふれる感謝を伝えて、ティムは携帯をしまった。意識も両手も自由になったので、地面に四つん這いになって犬ににじり寄る。犬も気を鎮めた様子で、泥の上に横たわりながらか細く喘いで片手を宙へのばしていた。厚い毛並みで雪が溶け、滴がつたう。出血や傷はないかと、ティムはそっと毛皮をなでた。美しい犬だった。威厳があって。こんな生き物が死んでしまったりしたら自分を許せなかっただろう。顔をつたう熱が涙だとわかっていた。

「お願いだから、大したことありませんように」

ティムは犬に囁いた。

この瞬間、大事なことはそれだけだった。


ランスは段々、心底後ろめたくなっていた。計画そのものはシンプルだったのだ——ティムの車で軽い怪我を負ったふりをして同情を引き、家の中へ上がりこむ。内部へ最長でも二十四時間潜りこんだなら、ティモシー・トレイナーことティム・ウェストンが本当は何をたくらんでいるのか探り出せるだろうと見ていた。

ああ、自慢できたやり方ではない。だがこいつは何か隠しているし、町を守るためなら多少のことは仕方ない。いったんこの案がひらめくと、どうにもあきらめきれなかった。それに大体、事態がまずくなれば中止すればいいだけだ、そうだろう。ランスがこんな小狡《こずる》い真似をしたなんて誰に知られることもない。

なのに今、この若者のショックの表情を、揺れる睫毛の涙を、みじめなほどの落ちこみぶりを見てしまうと……雪に濡れて凍えるティムはそれは優しい手でランスの毛皮をなでつづけ、励ましたりあやまったり、何か――。

……下らないほど優しい約束をしたり……。

まったく！　まさか見知らぬ犬相手に、ここまで簡単に同情するなんて。

ランスは立ち上がろうとした。大きな怪我などないのを見せてやろうと心に決めて。こんなに自分を責めているティムをそのままにはしておけない。家に上がりこむ計画が駄目になるなら、仕方ない。これは残酷すぎる。

車のヘッドライトが引込み道へ停まった。ビル・マクガーバーだ。まずい。

ビルが車からとび下りて駆け寄ってきた。ランスはまだ土の上で、古い車のヘッドライトのギラつく光を浴びて動けなかった。膝をつくビルへと、片手を上げて弱い鳴き声を洩らす。

彼を凝視して、ビルは顔色を失った。

「ランス！　どうしたんだ、大丈夫か？」

「知ってる犬ですか？」ティムがすがるようにたずねた。「本当にごめんなさい！　帰る途中でタイヤが穴ではねて、そしたらいきなり目の前にこの犬が……フロントバンパーがぶつかってしまったかも。どうか、何でもないといいんだけど……」

ランスはビルへ向けて目をほそめた。余計なことは言うな。

「お……っと……」

ビルがゴホッとむせた。アノラックコートのフードの上に湿った雪を積もらせながら、困惑してランスを見つめる。

「私が言ったのは……その――見知らぬ犬にまでこんな親切な方の車に当たるなんて、この犬にとってなんたるチャンスだということで――ええと、ミスター……」

「ティムです。怪我してるのにそのまま放っておけるわけないでしょう？　手をあんなふうに上げっぱなしにしてるんですよ」

声を震わせ、ティムはせっせとランスの毛皮をなでている。その手が温かい――奇妙だ。ランスの毛皮の厚さからして、ひとのぬくもりが伝わってくるなんて不思議だった。凍えて濡れているせいか。

「この犬を助けられますか、ドクター？　お願いです」
バ、バ、バラすなよ。ランスは目でビルに命じる。
「まず、暖かい家の中に移そう」とビルがきっぱり言った。

「動かしても大丈夫ですか？　内臓でも傷ついていたら……」

「たしかめたほうが得策ですな」

ビルはランスの背中から後ろ脚へと、実際どの程度の傷かわからずに迷う手をすべらせた。目がちらりと合い、ランスはほんのかすかに首を振ってから、左の前足を持ち上げて、まともな犬なら――あるいはビルのように犬と暮らす人間なら――すぐに作り物だとわかる弱い鳴き声を立てた。

ビルは顔をしかめてその前足をつかみ、そっと指でさぐった。ランスに非難の目を向ける。

「家の中に移してもいいでしょう。とにかく、私としてはそろそろ乾いたところに移りたい」

「なら、それで」ティムはほっとした声だった。「暖かいほうがきっと犬にもいいだろうし」


ランスはいかにもな芝居でキャビンまで片足を引きずってみせると、足に体重がかかるたびに弱々しく鳴いた。

二人と一匹で居間に立つと、滴を垂らしながら、ビルがティムにたずねた。

「古いタオルありますか？」

「ええ、クローゼットいっぱい」

ティムは身を屈めると、優しく、心配そうにランスの顔をのぞきこみ、頭をなでた。

「すぐ戻ってくるから、いい子でね」

はあ？　ランスは目をほそめた。

「この犬ってすごく……なんだか……犬とは思えない利発そうな顔をしてる」とティムが感心した様子で呟いた。

「そうかな?」ビルはひややかだ。「こんなところまでのこのこ来て車の前にとび出したりするなんて、言い訳のしようもないほど馬鹿のようですがね」

「迷子かも。乾かしてあげないと」

命を救うワクチンか移植用の心臓でも取りに行くように、ティムは走り去っていった。

しゃがみこんだビルが、ひそめた早口でランスに話しかけた。

「ここで何してるんだ。何があった?」

ランスは鋭く吠え返した。自分のしていることくらいわかってる。

ビルは眉をひそめつつ、ひとまずランスの前足の具合をたしかめた。

「どこにぶつかった?　足が腫れている様子はないが」

ランスは犬の姿での最大限のあきれ顔を見せてやった。

「つまり、怪我はしてない?　まったく?」

ビルがランスの足を調べる。もどかしくなってきたのか手つきが乱暴になってきた。

ランスはハアッと喘いで、溜息をついた。

「わかったよ。ここでこんな格好で何をしてるのかは知らないが、町まで車で送っていこう」

ビルの提案への評価を、ランスは思いっきり表現してやった。

「どうしたんです⁉」

ティムが、クリーニング屋かというほど大量のタオルをかかえて走ってきた。床にタオルを放り出して膝をつく。

「どうしてそんなふうに鳴いてるんだ？　どこか痛い？」

「いやいや、今のは威張り散らしただけだよ。ひとつふたつ、私に言いたいことがあったらしくてね」

ビルが腹立たしそうに言った。

彼は立ち上がると診療道具の入ったバックパックを開いた。

「さて、じゃあその足をぐるぐる巻きにしてやるかね」

「元気になりますか？　もう体を拭いてやっても大丈夫？　誰の犬かわかります？　首輪もないみたいだし。何の種類でしょう、随分と人懐っこい犬だと思いませんか？」

「イエス、イエス、ノー、それとノー。犬種についてはっきり言えるのは、強情きわまりない種類だってことだね」

ビルはいつも一言多い。

「すみません、うるさいですね僕？　イエスって、この犬は元気になるんですね？　本当に？」

「元気になりますよ。とにかく、元と同じ程度には」

ビルは片手に白い包帯ひと巻きを、そしてもう片手にまばゆい蛍光ピンクの包帯を持ってしゃがみこんだ。

この野郎……。

「内臓に怪我かなんかしてませんか？」

ランスの前脚に包帯を巻いていくビルへ、ティムが心配顔で食い下がった。

ビルは手を止め、ティムを見やる。その顔が優しくなった。ティムの肩に手をのせた。

「いいかい、ティム。この犬は大丈夫。それに何があったにせよ、あなたのせいじゃないのはわかってる。深呼吸して」

ティムが言われるままに深く息を吸い、吐き出した。顔色が少し戻ってくる。ランスの中の罪悪感がまた首をもたげた。ティムにひどい思いをさせただけではなく、この先永遠にビルにひやかされるだろう。

たのむから母さんの耳にだけは入れてくれるな――。

「じゃあ、毛皮を拭いてやるといい」

ランスの前足をピンクのソーセージみたいに巻き上げながら、ビルが言った。爪先からつけ根までぐるぐる巻きだ。嫌がらせか。

ティムはタオルの山から一番大きくふかふかのタオルをつかむと、ランスにまさにとびかかった。ランスは、ピンク色の脚が許す限りの尊厳でひとしきりそれに耐える。

「うわ、泥だらけだ！」

「うんうん、そうだろうね」ビルの目には、ランスの気に入らない光が宿っていた。「そうだ、風呂に入れてやったらどうかな？　温かい湯に。たっぷりシャンプーしてやればいい」

ランスの警告のうなりは無視された。

ティムはまるでディズニーランド旅行が当たったみたいな歓声を上げた。

「お風呂に入れていいの？」

「入れるべきでしょうな」とビルが真剣にうなずく。

「包帯は？」

「ああ、防水包帯でくるんであるから大丈夫。ただ水に浸けないほうがよさそうだ。いいから、ずっと手を上げさせておきなさい」

ランスの威嚇のうなりが深まった。

だがティムの顔は期待に輝いていた。タオルで優しくランスの顔を拭う。

「先生はさっきこの犬を知ってるって言いましたっけ？　首輪はしてないんですけど、でも、誰かの飼い犬みたいなんです。とてもきれいにしてるし」

ビルが鼻を鳴らした。

「このあたりの犬なら全部知っているけどね、ティム。その犬はまちがいなく誰にも飼われていない」

ティムは幼いくらいうれしそうな顔になった。

「もし僕が……もし、この子を飼いたかったら……その、車ではねたことの埋め合わせとして。ライセンスとか、登録とか必要ですか？」

声がぐっと浮かれていた。「どうかな、そうしたいかな、お前は？」とランスに聞いてくる。

ビルが低い笑いをこぼした。

「ライセンスはいらないよ。ただもしその犬をここに置きたいなら、彼を説き伏せるのが先だろうと思うね。違うかな、ワンコちゃん？」

この上なくでれでれした声で、ビルはランスの耳をなでた。

ランスはさっきよりも大きなうなり声を上げた。

「ほら、いい子にして！」

ティムが飼い主気取りの腕をランスの肩にかけ、まるで押さえようという態度だ。押さえられるとでも？

「先生からほかの犬のにおいがするのかも。それで怖がってるとか」

ビルが鼻を鳴らした。

「だろうな。さて、じゃあこれでいい。忘れないで——長い、熱いお風呂に入れてやること。ああ、そうだ、二十四時間、せめて明日の朝まで、水以外のものは何も与えないほうがいいでしょうね」

「ウウウウ」とランス。

「そうします。あ、その、おいくらでしょう?」

バックパックを持って玄関へ向かうビルへと、ティムは不安そうにたずねた。

「だって時間外だし、もう暗いし、雪も降ってるし……この子に大したことがなくて本当にありがたいので——」

金を取るな、とランスは念じた。こいつがろくに持ってないのはわかっている。もしビルが料金を取ったら、どうにかして埋め合わせしないと。

「それは心配いりません、ちょうど家への帰り道でしたしね。それに、こんないい犬が大事に可愛がられているところを見られてよかった」

「本当に?　それはとても、ご親切に」

ビルがドアを開けた。湿った綿のような雪がまだ降りつづいている。ビルはティムに顔を近づけて、耳打ちした。だが聴力抜群のランスの耳には全部しっかり聞こえていた。

「あの犬をたっぷりハグして、なで回してやるといい。ショックから立ち直れるように」とビルは囁いた。

ランスには、車まで戻っていくビルの高笑いが聞こえていた。

4　男の子のステキな友達

この家からの脱出も考えた。だがティム（ティモシー？）・ウェストンをこんな目に遭《あ》わせてしまった以上、始めた仕事をやりとげなければ、まさにただの卑劣な所業で終わってしまう。入浴は拒もうとしたが、それが思った以上に難物だった。

「お願いだから、ね？　毛皮が泥だらけだし、それじゃ気分もよくないだろ。ゆっくりお湯に浸かったらすごく気持ちよくなるから」

ティムのなだめる声と、大きくて思いがあふれそうな目と、毛皮をなでるこの上なく優しい手のセットにほだされる。ランスはふうっと溜息をついた。ティムにはどこか、言うとおりにしてやりたくなるところがあった。同情を感じているだけだろうが。それと罪悪感と。そう、これは罪悪感だ。

（どうなると思っていた？　犬のなりをしている以上、犬扱いされて当然だろうが。じたばたするな）

実際、ランスは嫌になるほど泥まみれだった。ティムから冷たい泥の中に押さえつけられていたせいだ。だが犬の姿で風呂に入ったこともないし、人間に洗われたことなど一度もない。そんなのはとにかく……恥だ！　今はただ人間の姿に戻って熱いシャワーをたっぷりと浴びたい。とは言えティムが寝入るまでここに居残るつもりなら、それは無理というもの。

どういうわけか、気付くとランスはピンク色の脚を引きずりながら、バスルームへとつれていかれていた。ティムがバスルームのドアを閉める。湯を満たしたバスタブからの湯気がもうもうと立ちこめていた。

「バブルバスを足すところだけど、ちくちくすると困るからやめとこうね」

ティムが湯に手をくぐらせて温度をたしかめた。ランスは、湯気の上がる風呂とティムの顔を見くらべた。

ティムはランスをいきなりバスタブに押しこんだりはしなかった。長袖シャツをまくり上げて頭から脱ぎ、予想外に広い肩とほっそり締まった上半身をさらして、バスタブの脇に屈みこんだ。ランスは顔をそむける。ティムの裸の胸元が、まるで色っぽい女性のもののようにひどく生々しく感じられて動揺していた。それにしてもティムの肌はとても柔らかそうで、とてもいいにおいだ。

ランスは尻を下ろしてしゃがみこむと、ピンクの棒のような足を床にぴちゃんと下ろした。ハアハアと、落ちつかない息を吐く。彼の内にいる犬が、そわそわしている。ドアは閉まっていて、とじこめられている。半裸のティムと一緒に。ティム――彼の面倒を見ようと精一杯がんばるティム。ランスの犬はティムを傷つけるようなことはしたくない。言いなりになるしかないということだ。

「僕までずぶ濡れになりそうだけど、いいや。ほら、おいで。洗わないと。泥を落とせばとてもさっぱりするから」

ランスは長い、心の底からの溜息を吐き出した。ティムが近づく。ランスを抱き上げようという気か。いや、やるしかないならせめてプライドだけは保ちたい。

体を引くと、ランスは自分からバスタブにとびこんだ。最高に優雅にとはいかなかった——がちがちに固められた左前脚がひどく鈍く、湯が四方八方に飛び散った。

ティムが笑った。笑い声がバスルームのタイルにかろやかにはねる。

「オーケー、その手できたか。やったな！」

タオルを床に放って水を吸わせると、彼はバスタブ横にしゃがみこんだ。

「ここに前足をのせて。ほら」

ランスのピンク色の足を優しく持って、バスタブの縁にかける。ピンク色、しかもびしょ濡れの足。やれやれ。だがティムがタオルで丁寧に拭うと、ビニールのピンク包帯は宇宙人の技術か何かでできているみたいに、水なんか一滴たりともついたこともないように元に戻った。

ティムの両手がランスにのっていた。片手はピンクの前足に、もう片手は右の肩に。バスタブの横に膝をつき、彼はランスを見つめていた。奇妙な微笑を浮かべている。

「お前はさ、すごく大きくて、青くて、それはそれはきれいな目をしてるね。わかるかな？」

赤ん坊のサマンサに話しかけるランスの母と同じ口調になっていた。

ランスはふんと息をつく。

「あのさあ。僕は犬を飼ったことがないんだ。ずっとほしかったけど、母さんが家に入れちゃ駄目だって」

ティムがランスのこめかみを、耳のすぐそばをさすった。寒さと雪の後で、湯の熱が本当にいい気持ちだ。その中でティムの低い声を聞いていると、自然と力が抜けていく。こめかみに当てられた指も温かくて、自分でも気付いてなかった頭痛が消えていくようだ。それに、ずっと気付かなかったが、ティムの声はとても深かった。気付かなかったのは、ティムが保安官のランスの前ではいつも緊張していたせいかもしれない。犬のランスはその響き——低く耳をくすぐる声が、優しい抑揚が大好きになっていた。

（はっ、もしこっちの正体を知ったらこんな優しい態度なんか——）

「僕が苗木場で働き出した時も、オーナーのガレージの上で暮らしてたからペット禁止だったんだよ！　ほんとケチだろ？　な？」

ティムがランスの顔を両手ではさんでのぞきこんだ。

「マーシャルってムカつく奴だよな！　あんな奴嫌いだよな！」

ランスはワン！と賛同した。人間に気を許すことなど元からほとんどないので、マーシャルとやらを嫌うくらい朝飯前だ。

「でも飼わなくてよかったのかもね、僕はほとんど毎日、温室で働きづめだったから。犬にいい環境じゃない」

ティムは手のひらにシャンプーを出すと、ランスの毛皮にそれを揉み込みはじめた。

「これで大丈夫かなあ。犬用シャンプーはないし……今度買ってこないといけないかな？」

ランスはティムがちらほらこぼす情報をかき集めようとしていた――苗木場、温室、マーシャル……ティムの手に気を取られないようにと。それが難しい。泡立った毛皮の上を動く手、軽く掻いていく爪、こんなに気持ちいいことなんてない。目が半ばとじ、舌がだらりと垂れていた。これは参った。母が誕生日にいつもスパに行くのもよくわかる。

ランスには、誰からも、何からも、こんなふうにかまわれた記憶などなかった。そんなものを必要としたことも。自分を甘やかしたことも。

「でも今はここに住んでるし、僕が働いている間、お前は庭を駆け回ってればいいよね。楽しそうだよねえ？　温室のドアは開けとくから、飽きたら入ってきて、僕にかまってくればいいよ」

そこだ。丁度その……そこそこ。ティムの優しい指がかゆいところをさすってくれて、ランスは呻きをこぼした。ティムは今なんて言った？　温室に好きに出入りしていいと？　願ったりかなったりだ。

ここにずっといるつもりなどないが。二十四時間だけ。入りこんで、消える。

しなやかなティムの指がランスの胸元をさすった。

「痩せてはいないね。よかった。でも、つまりは誰かに食べさせてもらってるってことだよな。マクガーバー先生の意見はともかく」

ランスは目をかすかに開けて、ティムを見やった。ティムの顔には希望と悲しみが両方あった。

「こんないい犬がいなくなったら、僕なら心配でどうかしそうになるよ。だから飼い主は探さないとね」

カウンターからコップを取って、ランスの毛皮をすすぎはじめた。黒い毛皮から石鹸が温かく流れ落ちていく。

「でも、いつまでもは探さないよ。それに、もし誰の犬もいなくなってないなら、ここで一緒に住もうか？」

きれいになったランスの毛皮をティムがなでて、ぎゅっと滴を絞った。

「正直言って、僕はいい飼い主候補じゃないけどね。六ヵ月後に住む家があるかどうかもわかんないし。今さ、夏までに売れるように色々と育ててるんだよ。でもそれで充分稼げなかったらどうしよう？　その上、リンダに約束したバラだってあるし」

ティムが溜息をついた。

色々？　何を育ててるって？　バラ？　バラって何の話だ？

「だけど、お前にはできる限りのことをしてあげるよ、約束だ」

ティムは自分もすっかりずぶ濡れになりながら、床に置いておいた乾いたタオルの上に出るランスを手伝った。それからまたタオルをつかんでランスの毛皮を拭きにかかる。本当は全身をぶるぶる振って水気を払いたいが、あたりが水浸しになるので我慢した。それに、ティムにてきぱきと拭われる刺激は……充分だった。

ティムが、ランスの水気をおおまかに拭った。そこで下がらずに、彼はランスを両腕で包むと、ぎゅっと抱きしめた。ふたりはそのまま座っていた——ランスは後ろ脚を折って座り、その前のティムは濡れたジーンズの長い足であぐらをかいて。タオルがまだランスの首にかかっている。ランスの肩口に顔を押し当てたティムの表情まではわからなかったが、ランスはこの若者の、純粋な心の一部が、熱く、無防備にあふれ出してくるのを感じた。ぶるっと震える。あまりにも近すぎる一瞬。

下がるべきだった。こんな形でつけこむのはよくない。だがランスは動かなかった。

「無事でよかった……もしお前にひどい怪我をさせてたら、耐えられなかったよ」

ああ、これは——。

ティムが体を引いて、明るくニッコリした。

「さて、どう呼ぼうかな？　お前、ってだけじゃ嫌だろう？　なあ」

いらない。名前はなしで。かまわない。本当に。

ティムが考えこんだ。

「チャンス、てのはどうだろう？　マクガーバー先生が、お前と僕が会えたのはまさにチャンスだって言ってたし。それにこの出会いは、僕にとっても新しいことを始めるチャンスなのかも。もしかしたら、お前にとっても僕は何かのチャンスなのかも？　どう思う、チャンス？　この名前気に入った？」

ランスは溜息をついて、ティムの肩に顎をのせた。これは、すごく、まずい。

風呂の後でティムはネルのパジャマのズボンとTシャツに着替え、自分用のサンドイッチを作った。食べながらランスと一緒にカウチに座って『トワイライトゾーン』を見る。ランスはサンドイッチを見ないようにしていたが、少なからず腹が空いていたし、犬としての本能的な興味も隠しきれない――温かいねぐら、安全、食べ物。犬的フルセット。そう、あとは食事があれば完璧。

ティムが唇をつき出した。

「ごめんよ、チャンス。でも何もあげられないんだ、お医者さんの指示だから。でも朝食は豪勢に用意してあげるから。いいだろ？　卵は好き？　フレズノで買いこんできておいたし、起きたらすぐ三つ、スクランブルエッグにしてあげる。何ならトーストも。ああそうだ、明日出かけてドッグフードを買ってこないとね」

カウチに寝そべったランスは一声うなり、食べ物が見えないよう目をとじた。ティムが片手でサンドイッチを食べながら、片手でランスの背中をなでる。湯上がりの毛はふわっとして、清潔に感じられた。ぼんやりと、こんなに気持ちがいいなら人間の時にもこのシャンプーを使ったほうがいいだろうかなんて考える。

ティムがもぐもぐ食べている間、ランスは時々目を開けてテレビを眺めた。『トワイライトゾーン』を見るのは何年かぶりだ。好きだったことも忘れていた。

思えば、この何年もご無沙汰なことがたくさんある。きっと大体は、この先も縁がないだろう。

ランスは、自分の根っこにある犬の部分を愛していた。その犬は幸せで、素直で、忠実で、愛するものたちを本能的に守ろうとする。ランス自身、経験から言っても人間よりクイックたちと一緒にいるほうがいい。

そうであっても、ランスはほとんど犬の姿に変身はしなかった。この変身能力は遺伝で、彼で四世代目になる。子供のころは初めての変身をためらい、自分自身や理性を失うのを恐れたものだった。だがしまいに、友達にけしかけられて十二歳の時に変身した。それから高校卒業の時まで、ランスは可能な限り犬の姿ですごした。友達と森を走り、とっくみ合い、遊び回るのは最高の体験だった。子供のころから生真面目だったランスは、ふざけたり、自由にふるまう楽しさを、犬の姿で初めて知った。

だが、彼は成長した。父親が保安官だったので、ランスも保安官事務所に勤めはじめた。その職にふさわしいことを示そうと決意して。父の七光りではないと。クリフォード・ビューフォート保安官は誰からも尊敬されていた。その父の代わりを務めるのは簡単なことではない。私生活の時間はどんどん削られていった。町の皆は月に一度を〝月吠えの夜〟として山を駆け回っている。ただ楽しむために。

エクササイズにもなるの、と母はいつも言い張っている。その辺の筋肉を使ったほうがいいのよ、変身して、戻って。若さと集中力を保てるから！　あなたの犬を遊ばせてあげなさい。ランスはいつも、運動なら仕事で足りてると言い訳してきた。それに、毛皮姿ではしゃぎ回っている間に緊急事態が起こったら？　携帯を持ち歩けるわけでもないし。父の死の後は、町から一秒たりとも目を離す余裕などなかった。

それでも、犬の姿になるだけならまだいい。今回はそれともまるで違っていた。ランスは決して、一度たりとも、純血の人間相手に犬のふりなどしてみせたことはないのだ。なでられたりハグされたりベタベタ甘やかされたりしたりなんか――ましてや、なんてことだ、風呂に入れられるなんて！　考えただけでもぞっとするはずだった。だがこうして犬の姿でいると、すべてが奇妙に……自然だった。というか、本音を言うなら、不安なほどに心地よく、悩ましいくらい気持ちが良かった。温かい、ふかふかのベッドに沈みこんでいくように。

後天的なクイックの中に、犬としての暮らしに戻っていくものたちがいるのも無理はない。

群れとしてはあまり推奨はしてないものの……理解はしている。犬の本能は、やはり人間のそばにいたいと強く求めるものだ。いい人間とめぐり合えれば、ずっと犬の姿でいることはとても楽な生き方だった。

だがランスはいつもそんな選択は、言い訳しようもない、まったくの責任放棄だと見なしてきた。〝種火《スパーク》〟の恵みはまさしく——とてつもない授かり物なのだ。思考や理性を手に入れ、自立し周囲の面倒を見る力を手に入れ、人間社会での犬の代表者ともなれる。それを捨て去るというのは、その授かり物に唾を吐くのと同じだ。どうしてそんな道を選べるのか、ランスには理解不能だった。

それに、どれほど恐ろしいことか。犬として生きるというのは、自立心を捨てるということだ。誰かにすべてをゆだね、運命を完全に握られる。ありえない。

ランス自身は、ひとりの人間に格別な執着を持ったことはなかった。これまでは。だが今、ランスの内にある犬の心が、隣にいる人間を求めてうずいている。ランスの人間部分は、そのことがとてつもなく恐ろしい。

彼はカウチからとび下りた。

「チャンス？　どうしたんだい？　外に行きたいのか？」

ティムは立っていってドアを開けたが、ランスはただ降る雪を何の興味もない目で見つめ、それからティムを見上げた。ティムはそうしていると魅力的だ——パジャマ姿で、自然にくつろいで。彼は……そう悪くなかった。可愛いし、ぬくぬくと温かい。制服姿のランスに見せた、あのおどおどしてドジで逃げ腰な姿とはまるで違う。これまで、ティムはこんな自分を見せられる相手はいたのかと、ランスはふと思った。

だが――駄目だ。ティムに惹かれてはいけない。犬としてでも、人間としてでも。そのつもりもない。ランスは片足を引きずって部屋の隅に行くと、壁を向いて床で丸くなった。

ティムがやってきてランスの耳を掻いた。

「疲れたのか？　一緒にカウチで寝る？」

だがランスはその言葉を無視した。ティムの声にあるかすかな傷ついた響きも、言われた通りにしたいという自分の衝動も、与えられる心地よさに浸りたい気持ちも。目をとじた。

「いいんだよ。今夜は色々あったから、ほんと。お互いに慣れるには時間もかかるよね」

廊下へ出たティムが大きな毛布を持って戻り、それを二つに折ってランスのそばへ敷いた。

「これでいい。床より少しは寝心地がいいから」

ティムがカウチへ戻ると、ランスはその毛布の上へのって、丸くなり、眠りについた。

5　疑惑と引力

ランスは夜明け前に目を覚ました。

パタパタと廊下を歩いていくと、寝ているかどうかティムの顔をのぞきこんだ。うつぶせにベッドにもぐりこんでいるティムは枕を抱きしめ、口のそばに可愛いよだれの痕をつけていた。寝室のドアは開けっぱなしだ。チャンスが来るかもしれないと思って？

犬の姿のまま家の中をうろつき回ったが、目新しいものはなかった。煙草のにおいはなし。合法的なものも非合法のたぐいも。

次は、外へ出て温室へ向かった。ピンクの包帯を歯で外すのにかれこれ十分間もかかってから、やっと人間の姿に戻れた。それから捜索のために温室の中へ入る。気が焦っていた。夜明け前にティムが起き出して、マッドクリークの保安官が——真っ裸で——温室に立っているのを見つけるなんていうのはいい筋書きではない。ティムが早起きなのかどうかも知らないのだ。

せき立てられながらも、犬の姿で一晩すごしたせいでまだどこか感覚が馴染まない。温室はきちんと片付き、ランスの疑惑を裏付けたり否定したりするものは何もなかった。肥料や培養土の袋があり、少しの古い道具がまとめて並べられている。主に目を引くのはずらりと並べられた大きなトレイで、小さな仕切りのひとつずつが土で満たされていた。いくつかのトレイには単に〈A〉や〈B〉とだけ書かれていた。ほかのトレイには〈C－GHST〉〈P－GSN〉といったおかしな名前がついていて、ランスには意味不明だ。何を植えているかは知らないが、まだ芽は出ていない。しかしもうじきだろう。長くても一週間とか、そのくらい？　事務所に戻ったらグーグルで、種が何日くらいで発芽するか検索してみよう。

いつまでもうろついていると見つかりそうで、ランスはあきらめた。犬の姿に戻って自宅へと駆け出し、朝陽の頃に着く。シャワーを浴びて制服に着替えると、七時にはまた家を出ていた。

ランスはくねる山道を車で登りながら、木々が後ろへすぎ去る右手側の眺めを楽しんだ。昨夜の雪はほとんど消えたが、日陰はまだうっすらと白い。家への引込み道が見えてきて、パトロールカーのランプを点滅させながらその道へ入った。

ローマン・チャーズガードは強面《こわもて》で知られ、自分の敷地に他人が入ることをよしとしないのだ。小さな家の前へランスが車を停めた時、ローマンは玄関ポーチに立ち、両手を後ろへ回した軍隊式の待機姿勢をとっていた。ランスの一挙一動を目で追っている。リラックスして見えたが、まちがいなく武器を帯びているだろう。それも、もしかしたら複数。

ランスは状況をたしかめてから、車を降りた。車の屋根に両手をのせ、ローマンから見えるようにしておく。挑戦と取られないようローマンの目ではなく肩のあたりに視線を向けた。

「おはよう、ローマン」

ほんの半瞬ほどの間があって、それからローマンは体勢を解くと、ランスへ歩みよって右手を差し出した。

「ビューフォート保安官。おいでいただき、光栄です」

ランスはその手を握った。

「ランスと呼んでくれ」

「ランス」とローマンは、くだけた呼び方を好きになれないかのように堅苦しく言った。

ランスは肩の力を抜き、ざっとローマンの様子を見た。体が大きい——一九〇センチ近い上背があり、体つきも頑強だ。どちらかといえば若く、ランスの目にはごく健康に見えた。少なくとも肉体的には。心の問題は別として。

「暮らしはどうだ、ローマン？」

「大変結構です、ありがとうございます」

「そうか、よかった。うん。きみの様子を見たかったんだ。それと、きみの意見を聞かせてもらいたいことがある。もし、時間があれば」

ローマンの背がのび、胸を張って、目に光がともった。

「お役に立てることがあるなら幸いです。中へどうぞ。コーヒーが入っております」

ローマンの家へランスが入るのはこれが初めてだった。ローマンがこの町の群れに加わってからもう一年と少しになるが。

もちろんランス自身が彼を審査したのだ。どんなクイックも、ランスから調べ上げられることなくマッドクリークへ移住するなど許されない。次は彼の母が、大体は途方に暮れている犬たちの面倒見を引き受け、彼女にしかできないやり方でやはり徹底的に調べ上げる。リリー・ビューフォートは何ひとつ見のがしはしない。

ローマンは軍用犬だった。高度な訓練を受けたジャーマンシェパード。その彼がどんなふうに〝種火《スパーク》〟を得たのか、くわしいことは誰も知らない。どうやって、あるいはいつ軍を離れて、マッドクリークへたどりついたのかも。内向的な男で、口が重く、少々威圧的でもあった。正直ランスは彼のことが今いちつかめないでいた。唯一、ローマンは群れに危険ではないというはっきりした確信はある――リリーからも保証されているし。実のところリリーは、ローマンの能力をたよって仕事をまかせたらどうだと、よくランスに言うのだった。

――彼を使ってあげなさい、ランス。彼にはそれが必要なの。

もしかしたら、ローマン・チャーズガードの使い道を、ついにランスは見つけたのかもしれない。

小さな家の中は徹底的に片付いていた。使い古したカウチとコーヒーテーブルが、壁ときっちり直角に置かれている。小さなテレビと、地図帳らしき本が並んだ本棚があったが、それを除けば部屋は殺風景で、とても清潔だった。古い床板はへこみだらけだったが、塵ひとつなく、この上で手術もできそうなくらいだ。

「キッチンはこちらです」とローマンが案内した。

キッチン入り口そばの壁には、大きな額入りの写真があった。ランスは足を止めて眺める。迷彩服姿の男が片膝をつき、もう片膝をしっかり立てていた。精悍なジャーマンシェパードに腕を回している。犬は敬慕のまなざしで男を見上げ、男は笑みくずれていた。

ランスの胸で、何か熱いものが波立った。

「ジェイムズ・パトソン軍曹です。アメリカ陸軍所属」

ローマンの声はひどくざらついていた。

「とてもよい顔をしているな」

「彼は……彼は、世界で一番良い人間でした」ローマンはごくりと唾を呑み、写真を凝視していた。「強く、優しく、誠実。勇敢で。ヒトとして生きるということの意味を、彼が私に教えてくれました」

写真を見つめているローマン・チャーズガードの身の内にたぎる愛が、ランスにも伝わってくる。いくらローマンが表情を変えまいとしていても。

当然だ、人間をそこまで深く愛し、同じように深く愛された犬たちだけが〝種火《スパーク》〟を得るのだから。それでもローマンのようないかめしい男がそんな思いに揺さぶられている姿に、思いがけなく胸を打たれていた。

ジェイムズ・パトソン軍曹に何があったのか聞きたかったが、幸せな話ではないだろう。これ以上ローマンを動揺させないほうがいい。それに実際、ランスが首をつっこむ話でもなかった。

「こっちです」

ローマンが、固くなった声で言った。

彼についてキッチンに入ると、ランスはありがたくコーヒーのマグを受けとった。

「それでは、保安官。自分がどのようにお役に立てますか？」

「緊急のことではない。ただ、状況をきみに知っておいてもらえれば、目が行き届くのではないかと思って」

「了解です」

ランスはローマンに、近隣の郡に入りこんでマリファナを栽培している連中の存在と、彼らがもたらす暴力について話した。フレズノの警察官サムからの警告についても話す。フレズノの北、マデラ郡でもギャングが動き出すという噂があると。

ローマンはすぐさま反応した。

「このあたりのエリアを区切り、定期パトロールを実施するべきです。自分はいつでも参加できます。しかしながら、さらに志願者が必要でしょう、どのくらいの広さを圏内とするかに応じて」

「マッドクリークの周辺だけでいい」

「最低八キロは範囲と見るべきかと思います」

ローマンは今や直立し、その目に強い光をともしていた。

「ふむ、たしかにそれがいいかもな」

ランスは目をほそめてローマンを見た。熱意を、そして何かそれ以上のものを感じる。コーヒー用に小さな牛乳パックを取ろうとローマンが開けた冷蔵庫にはほとんど何も入っていなかった。ローマンは何をして稼いでいる？　ここに住みながら狩りをしているというところか。でなければどんな手で食っているのか、ランスには見当もつかない。さっと心を決めた。

「この件は重要だと思う、ローマン。きみの助力はありがたい。フルタイムの給料は難しいが、保安官事務所の一時的なパートタイムとしてなら手配できる。月一二〇〇ドルで二ヵ月の契約というのはどうだろう？　継続するかは、また考えるとして」

ローマンの顔を、あからさまなまでの感謝の表情がよぎった。素早くまばたきし、さらにぐっと胸を張る。

「自分は、その仕事に適任であります。自分が見張る限り、不埒《ふらち》なものはこの区域に決して入れません。そして……給金を頂けるのは大変ありがたい」

ランスの母の言っていたとおりだ、ローマンは役に立ちたくてたまらなかったのだ。それをずっと放っておいたのかと、ランスの胸がざわついた。助けを、仕事を、役に立つ実感を求めているものがほかにどれだけ群れの中にいるかと思うと、さらに胸は騒いだ。

私生活にかまけている時間など自分にはないと、あらためて思い知る。

ふたりで計画を練った。ローマンはランスよりはるかに先まで見通しており、この作戦の指揮にローマンこそふさわしいとすぐにわかった。計画立案をまかされるとローマンはすっかり張り切り、見回りに参加できそうな数人のクイックの名を上げたりもした。

「誰か、特別に疑わしい人物はいますか？　より目を光らせておくべき場所は？」

ランスはためらった。ティムに矛先《ほこさき》を向けたくはなかったが、ランスの下で働くのならばローマンを信頼しなければ。

「ひとり、新しい住人がいる。最近越してきたばかりの。何をするつもりなのか、正直、わからない。きみは麻薬を嗅ぎ分ける訓練は受けているか？」

「イエス・サー」

「植物の時でも大麻を嗅ぎ分けられると思うか？　まだ生えたてであっても？」

「そのはずです」

「よかった。彼が違法なことをしていないよう願っているが、いくつか俺に嘘をついているし、何か育てている。とにかく、それが何か把握したいんだ」

「調べられていると当人に悟らせずに？」

ランスはほっと息をついた。

「そう、それなら理想的だ」

「まったく何の問題もありません。住所をいただければ、今日偵察に行ってきます」

「いや、今日はやめよう。まだ芽が出ていなかった。たのむ時が来たら連絡する。それまでは、ほかの計画をまとめてくれ」

「まかせて下さい、サー」

ローマンがニヤリとした。一瞬、虚を突かれるほど若く、ぐっと危険な顔だった。町まで車で戻りながらランスは、自分が猛獣を解き放ったのでないことを祈った。

保安官事務所へ入ると、ランスはコーヒーのマグを取り、受付にいるリーサに「やあ」と挨拶し、助手のチャーリーへローマンに頼んだ仕事のことを伝えてから、やっとメールと留守電の相手に取りかかった。

何時間も犬の姿ですごした後で、制服がやけにきつい。しかも前夜の風呂の記憶や、人間にシャンプーされて甘やかされたことを思うと、顔がやたらと熱っぽい。ランスの顔の赤さは、デスク脇の窓にまで映るくらいだった。

(馬鹿者が)

朝のうちに、ビル・マクガーバーと話さねば。冷やかしに耐えて、ビルがあのことを口外しないように手を打つのだ。

まったく。この町のためなら何でもするが……。

メールの中でまず目を引いたのは、フレズノのサム・ミラーからのものだった。セキュリティの高いサイトへのリンクが張られ、そこにティムの身元照合結果が上げられていた。ランスはこわごわとそれを開く。ティムに犯罪記録があるなどという結果は見たくなかった。願いの強さに自分で驚くくらい。

ティムには、犯罪記録はなかった。それどころか、サンタバーバラ近辺にはティモシー・トレイナーという男の存在自体なかった。まあそうだろう。ティム・ウェストンなら実在していて、その免許証の写真は今リンダ・フィッツギボンズのキャビンに住みついているあの若者の顔だった。年齢、二十三歳。ミドルネームはアラン。前科なし、ひとつの駐車違反すらなし。この情報量の少なさは、むしろ生まれてこのかた家から出たことがないレベルだ。

――これは。

一番下に、犯罪記録へのリンクがあった。ただしティム・ウェストンの犯罪ではなく、逮捕されたのはリチャード・モートン・ウェストン。罪状は家庭内の騒動と児童虐待。ファイル内の写真には、痣《あざ》だらけの顔とうつろな目のずんぐりした金髪女性が写っていた。そして、ひとりの子供も。

十か十一歳くらいのティムは、脆《もろ》そうに見えた。目の周りの黒痣、裂けた唇。左右の上腕にくっきりとついた誰かの指の痕と、背中の下部に拳大《こぶしだい》の痣がある写真もあった。起訴は取り下げられ、一件は児童保護局が引き継いだ。記録にあるのはそこまでだ。

沸騰するような怒りがランスの胸に粘りつき、腕までたぎって、キーボードの上で拳を握りしめていた。どうして妻や子にこんな真似ができる？　このリチャード・ウェストンを探し出し、暴力を受ける側になるというのがどんな気持ちか思い知らせてやりたかった。ランスの内側の犬が猛りくるっている。守れ！　ティムを守れ！

目をとじ、ランスは歯を食いしばった。犬に、これはもうずっと昔のことだと言い聞かせる。今になって騒ぎ立てる必要などないと。だが、犬にとって時間の流れはあいまいなもので、しかも今日はやたらと神経過敏だ。憤怒に震えた数分間の後、やっとランスは自分を落ちつかせた。怒りから醒《さ》めると、オフィスチェアの革張りシートにひどい鉤爪の痕が残っていた。

やれやれ……。

ランスは眉を手の甲で拭い、気を鎮めようと深呼吸した。これが何かを変えるわけではない。ティムの幼少期が悲惨だったことと、彼がこのマッドクリークでマリファナを育てる気なのかどうかという話とは無関係だ。むしろ、一般論で言えば、劣悪な家庭環境や虐待は犯罪者の土壌になりやすいものだ。

だが、雪の中で彼を見下ろしていたティムの顔を、濡れた不安そうな目を、細く白い顎から落ちていくとけた滴を、ランスは忘れられなかった。

……これは、まずい。

「チャンス？」

ティムは、完全に目を覚ましもしないうちから犬を呼んでいた。あくびをして、のびると、よりはっきりと現実が染みてくる。

うちには犬がいるのだ。

「チャンス？」

微笑みながら呼びかけた。ベッドからころげ出してパジャマのズボンを引き上げる。だがリビングに行ってみると、そこに犬の気配はなかった。

「チャンス？」

ティムは家の中を探し回り、カップボードの中やベッドの下までのぞきこんだ。だがチャンスは見つからない。どうやって家の外に出た？　家にドッグドアは付いていないし、ドアと窓は締め切ってあった。全部夢かと疑うくらいだったが、床には毛布と犬の黒い毛が落ちていたし、バスルームには湿ったタオルと濡れた犬のにおいが残っていた。

外へ走り出してチャンスの名を呼んでも、反応はなかった。チャンスは去ったのだ。

ティムは打ちのめされていた。とぼとぼとキッチンへ戻り、コーヒーを入れ、トーストを焼いた。肩がずしりと重く、風邪でも引いたかのように鼻をすする。馬鹿だった。あの犬には帰る家があると、考えればわかったことだ。チャンスはどうにかしてこのキャビンを出て、飼い主のところへ帰ったに違いない。きっと大丈夫だ。

ティムのほうは、大丈夫でもなんでもなかった。あんなにすぐ犬に惚れ込んでしまったなんて、飼えるんじゃないかと浮かれたなんて、どれだけ淋しかったのかと思い知る。しかし、チャンスはどこか特別だったのだ。まさにティムが昔からほしかった犬そのもの……大きくて敏捷だが、怖くはない犬。とても利発でよく言うことをきく。少なくとも、たまにはきく。それに表情豊かな目をしていた。ティムの話が理解できるかのように。チャンスを風呂に入れて一緒にくつろぐのはとても楽しかった。すでにティムの空想の中では、自分が温室で働く間犬が庭で走り回り、夜にはよりそって寝てくれる光景まで出来上がっていた。話を聞いてくれ、ありのままのティムを愛してくれる相手。犬ってそういうものだろう？　犬にすら見放されるなんて、もうどうすればいい？

どうするにせよ、とにかく、チャンスはもういない。店に行ってドッグフードと首輪を買おうという計画もお流れ。節約できてよかったのだろう。よかったなんて全然思えないが。

溜息をついて、ティムは着替えると仕事にかかった。

種まきトレイを残らず霧吹きで湿し、夜間に冷えすぎてないかと目でたしかめた。天気予報によれば十三度だったから問題ないはずだ。それから〈オレンジグロウ〉と〈ミックスペッパー〉の二種のピーマンを植えにかかった。

近隣のファーマーズマーケットを残らず調べて、かたっぱしからネットで出店申し込みをしておいた。うまくいったなら、いつの日かここで苗木を育てる仕事も始められたらいいのだが。今は手が回らないけれども。

リンダにちゃんと家賃を払えるくらい、野菜やハーブを売って稼げるだろうか？　自分の食費をまかない、種や資材を買うのに足りるくらい。

（植物なんて育てられたって女々しいだけだろうが？　道一本渡りゃあコストコで葉っぱだのニンジンだの安くまとめ買いできるってのに、お前の作ったクズを誰が買う？）

父親の声――。

マーシャルの声まで加わった。

（たとえドナルド・トランプから手とり足とり教わったってお前にビジネスができるもんか……）

ぞっと、吐き気がしてきたが、ティムはその声を押しこめた。父親は口いっぱいに詰めこまれたって野菜の味なんかわからない男だったし、マーシャルは……マーシャルは、予言者ってわけじゃない。ルーツ・オブ・ライフ社で働く間ずっと温室にこもりがちだったからといって、ティムに客の相手ができないってわけじゃないのだ。ティムの限界が、マーシャルにわかるものか。

マッドクリークの町でオーガニック野菜の小さな販売所を出している自分を想像した。人々が、その値札に非難の目を向けて素通りしていく……。

いや。そんなこと考えちゃ駄目だ。

そう、ポジティブにいこう。野菜をほめたたえる人々が押し寄せ、列をさばくのがやっとの情景を思い浮かべた。素敵な〈ゴールデンイエロー〉や枝つきの多い〈パスカル・ジャイアント〉といったセロリを並べられたら。小さな黄色いジャガイモに〈ゴースト〉という白いニンジンも。種苗店から種を買って植えたから、じき芽生えの頃だ。外国風で可愛らしくて、サンタバーバラのファーマーズマーケットで客に大人気だった野菜たち。マッドクリークの住人だってそう好みは変わるまい。

自分が交配した〈パープル・パッション・ペッパー〉を、そのつやつやした紫色と肉厚な食感をなつかしく思った。並べればいつも売り切れたものだ。それにニンジンの〈ガーネット・グローブ〉も、いくら育てても足りなかった。赤いラディッシュのように見えるが甘いニンジンの味がするのだ。あの二つの野菜を育てられれば、きっと成功できる。

だがティムには無理だ。あのいまいましいマーシャルがあの種を勝手にルーツ・オブ・ライフ社の名義で登録し、ティムの名を権利から外していたからだ。今や、ティムはあの苗を育てられない。提案し、幾世代もかけて交配種の欠点を取り除いていったのは彼だというのに。〈パープル・パッション・ペッパー〉が満足いく色と食感になり、種から安定して育てられるようになるまで何年もかかった。ティムの交配種で、ルーツ・オブ・ライフ社は何十万ドルも儲けたのだ。その間ずっと、利益は半々だと約束していたはずのマーシャルは「予想外の出費」だとか「輸送中の損失」や「会社に必要な回転資金」などと言いながら搾取してきた。そしてティムは疑いもせずそれを鵜呑みにした。

まったく！　なんて馬鹿だったんだろう！　もう二度と誰も信じるものか——絶対に。

最後のトレイに種を蒔き終え、また発芽の具合をチェックした。最初に植えたトマトのトレイは土の表層がゆるんできていて、じき緑の若葉がのぞく。そろそろ昼頃で、もう陽がさして暖かく、避けられない肝心の仕事にとりかかる頃だった。

温室の裏手の、一面雑草だらけの広い空地に歩いていくと、ティムは力なくそこを眺めた。温室の中の芽が数センチまでのびてトレイの土の養分を吸い尽くすまでには、この空地を整地して植え付けの準備をすませておかないとならないのだ。くじけそうな大仕事だった。ルーツ・オブ・ライフ社にいた頃なら、マーシャルがただ金を払ってでかいトラクターで耕《たがや》させ、誰か雇って全面に堆肥を漉《す》き込ませただろう。だがティムにそんな金はない。あるのは己の両手、そして体——それだけだ。

少なくとも、リンダが置きっぱなしだった古い道具が温室にある。錆だらけの古いつるはしと、新しくも鋭くもない大きなシャベル。何もないよりはましだ。

ティムは歩数で空地の幅を測った。最低九メートル角の広さが必要だ。それも手始めとして。杭と紐を使って目印をつけた。十五分間、シャベルに足をかけて土に突き立て、薮を掘り起こそうとしたが、もう死にそうだった。まったく、体がなまっている！　正午を回る頃には太陽が照りつけて、ほてる全身は汗と泥まみれで、やる気も完全に燃え尽きていた。

そしてわざわざそのタイミングを狙ったかのように、車が引込み道をやってきて停まる音がした。ティムはシャベルにもたれて、ぜいぜいと喘いだ。ゆっくり軍手を取る。手のひら、右手中指のすぐ下に、ぷっくりと水膨れができていた。わあうれしい。

誰が来たのか見に行こうとした時、ビューフォート保安官が歩いて家の角を曲がってきた。小脇に、大きな果物かごを抱えていた。

近づく保安官へ、ティムは反感と情欲と当惑の目を向けていた。このホットな保安官は今日はミラーサングラスを外していて、距離があるうちからその瞳の青さが見えた。黒髪はふさふさで、制服は体にぴったり。いつものごとく。見事な大腿四頭筋《だいたいしとうきん》の陰影が、一歩ごとに目を誘う。なかなかの股間のボリュームとともに。こんな反則級の眺めは法律で取り締まるべきだろう、本当に。

（失礼、オフィサー。私人逮捕の権利であなたを逮捕します、罪状は公然わいせつ罪と暴動先導で……）

　ティムが自分で自分を笑っている間に、保安官がやってきた。目もろくに合わせようとしない。

「果物かごだ」

　ビューフォート保安官がそのかごをティムへ押しつけた。

「見ればわかるよ。いや、これって……」

　ティムはセロハンに包まれたかごを見下ろした。リンゴやオレンジ、それにグレープフルーツがひとつ、バナナ何本かに、ナッツとドライフルーツの袋が色々。これは助かる。一、二週間、ティムの食費をありがたく補ってくれそうだ。この保安官のことを誤解していたかもしれない。

「ありがとう。これは、なんて言うか、こんな優しいことをしてもらったのはすごく久しぶり」

　青い目が驚きをたたえてティムを見つめた。

「それが本当なら、淋しいことだ」

「うん、まあ……」

　ティムはもぞもぞと足踏みした。シャベルを持っているのをすっかり忘れていて、くるぶしをシャベルの固い刃にぶつけていた。

「うわ！　痛たたたたッ！」

信じられないくらい痛い。片足でぴょんぴょんはねながら、激痛が去るのを待った。保安官が片手でティムの肘をつかみ、支えて、傾いた果物かごを悲劇から救う。ティムは息を吸った。じわじわと痛みが引いていくと、たかだか一歩先に保安官がいて、まだ腕をしっかりつかまれたままなのに気付く。

ビューフォート保安官は筋肉質だがよく締まった体で、一方のティムは不格好なくらい背が高い。いつの間にか青い瞳を見下ろしていた。保安官がじっと見つめ返す。

またこんなふうに見つめてくる。世界一の凝視。非常識なくらい。ただ今回は、その目に「どこかへ失せろ」と命令されている気はしなかった。そのまなざしは、ティムを解き明かそうというように魂までのぞきこんでくる。どこか同情的ですらあった。ティムは、虫が這うように背骨を興奮がつたい下りていくのを感じる。その熱が股間へと集中した。

保安官の片眉が、驚きに上がった。

奇妙だ。ビューフォート保安官の青い目は、チャンスの瞳そっくりの深い空色だった。いや逆か、犬が彼に似ているのか。チャンスを思うと切なさがこみ上げてきて、ティムの熱が消えた。続いて、警戒に変わる。

引越し祝いの果物かごを渡すためだけに、保安官が車でここまで来たのか？　もしかして、昨夜の事故のことを聞いて？　ティムに違反切符を切りに？　あるいはもっと重罪の……。

「わざとはねたわけじゃないんだ！」

ティムはそう口走ると、後ずさり、シャベルにつんのめっていた。また。

「うわ、いてッ！」そこで自分が言ったばかりの内容に気付く。保安官相手になんてことを。

「犬の話だよ！　人をはねたとかそういうのじゃなくて。でも僕がはねたあの子は――いやつまり、昨日は死亡事故を起こしたりはしてないよ、これまでもないけど！　車を擦《こす》ったこともない！　あの犬だけだ。犬もひどい怪我じゃなかった。マクガーバー先生に聞いてくればわかるよ。犬のことでここまで？」

ティムははっと口をとじ、発作的な言葉の奔流を止めた。きっとビューフォート保安官からどれほどの間抜けかと思われている……ああ、マーシャルの言うとおり、ティムの対人スキルは虫けら同然だ。そしてどういうわけか、この保安官の前に立つと間抜け回路がフル稼働を始める。

「違う。犬の話で、来たわけではない」

保安官が噛んで含めるように言った。

「あ。うん」

ビューフォート保安官は深く、心を鎮める呼吸をしていて、きっとイカれた男相手に忍耐を呼び覚ましているのだろう。彼は空地を見やって、溜息をついた。

「ここを片付けているのか」

「ええと……そう」

保安官はうなずき、予想通りと言いたげに唇を引いた。

「何を育てるつもりだ？」

「べつに、麻薬を育てようってわけじゃないんだから」とティムは鼻を鳴らした。保安官からぎろりとにらまれる。「違うって！　ただの……ほら。野菜だよ。あとハーブとか……いろいろ」

「野菜」

ティムは震える笑い声を立てた。

「はっはっは。ほかに何を育てるって言うんだい」

一体どうした。まぎれもない事実通りの真実を語っているというのに——法的に所有権のないバラの交配種は別として——どうしてこの世で一番の嘘つきみたいなわざとらしい言い方しかできない？　どうしてこの保安官の前ではこうも挙動不審になる？

保安官が彼を見つめた。

「わからない、ミスター・トレイナー。ほかに何を育てる？」

ティムは肩をすくめた。

「名前はトレイナーでいいんだよな？　ティモシー・トレイナー？」

そう聞かれて耳が熱くなり、顔がたちまちぱっと赤らむのがわかった。嘘の名前を言ったのはまずかったかもしれない。だが今さら手遅れだ。

「う、うん」

ビューフォート保安官は、頭痛でもしてきたように親指で眉をこすった。

「それで、ここを全部自分で耕す気なのか。自分ひとりで。そのシャベルで」

しぶとい茶色の雑草がのび放題の、延々と広がった空地を眺めて、ティムは溜息をついた。何も言わなかったが、喉がつまるようだった。気がくじけるなんてもんじゃない。ヘラクレス並の怪力が要る力仕事だ。

「いいか、ティム」

保安官がティムの手からシャベルを取って数メートル先へ持っていき、手近な木にそっと立て掛けた。持たせっぱなしにしておくとティムが死亡事故を起こすんじゃないかと心配したように。そう思われても仕方ない。

戻ってくると、保安官は締まった腰に手を当ててティムの目をのぞきこんだ。

「俺は、きみのことを嫌ってはいない」ときっぱり言う。

「ああ――そう。それはよかった」

「きみが何をするつもりなのかはつかめないが、きみが低劣な人間だとは思っていない」

ティムはイラッとした。

「それはそれは。とても光栄。履歴書の推薦文に今度使おうかな？」

「だからもし、何かトラブルに巻きこまれているなら……金のために何かしなければならないとか、そんな……そういう……するべきでないことを。するのなら。しないでくれ、いいな？　そんな必要はないんだ」

いったい何の話？

「いや、僕は別に――」

「そんな時は俺のところへ来るといい。名刺を渡しておく」

ビューフォート保安官がポケットから抜いた名刺をティムに手渡した。たしかに。電話番号から何から何までのっている。

「もし助けが必要なら。何かから逃げているなら。それか、話したいことがあったら、それか何かしてはならないことに巻きこまれたりしたなら、いつでも電話をくれ」

「ありがとう……？」とティムはまばたきした。

保安官は顔をそむけ、背を、鉄板並みにまっすぐのばした。

「果物、楽しんでくれ。現時点において俺が言うべきことは以上だ」

もう一瞥《いちべつ》もくれず、彼は踵《きびす》を返すと大股に去っていった。

家の前から走り去るエンジン音が聞こえてきても、ティムはまだきょとんとしていた。

現時点において？

ふうむ。もしかしたら、ついにティムは、自分に引けを取らないくらい人付き合いが無器用な相手を見つけたのかもしれなかった。

6　遊ぼう！

ランスは悩んだ末にティムの家へ戻り、それからそこを去り、そしてまた戻った。――今度はずっと。

ひとつには〝内部潜入〟の糸口を失いたくなかったからだ。種が芽吹くまでは、そしてそれがマリファナではないとローマンがたしかめるまでは。それがすめば――ティムが潔白だとして――もうランスがここに戻る必要はなくなる。

とは言っても、ティムのところへ戻るのは……危険に思えた。いや、ティム・ウェストンは（ほとんどの人間同様）クイックの存在すら知らないのだから〝チャンス〟がただの犬ではないなんて疑いもすまい。ランスの不安はそれではなかった。不安なのは、ティムとああやってすごす時間の心地よさだ。犬の姿でいるのはもとから好きだったし、近ごろそんな時間の余裕はなかったものの、犬でいるとくつろげるのはわかる。だが、ティムと犬として、すごしているとあまりにも楽しすぎて怖い。どう見ても健全な結末は望めそうにない以上、これ以上深入りしたくはなかった。

その二つを別にしても、ランスの心を騒がせるものがあった。一番近い言葉は〝心配〟だ。ティムはあきらかに無一文で、友達もいない。いればあの地面をひとり古いシャベルで掘り返したりはしないだろう、正気の沙汰じゃない。ティムにはどこか淋しげなところがあった。その上、幼いティムが叩きのめされていたあの写真……あんなもの絶対見たくなかった。ランスの犬の本能はすでにティムを群れの一員と見なし、群れの囲いに導いて守ってやれと騒いでいる。あの写真のせいでその衝動は十倍にも増していた。

しまいには、犬が粘り勝った。ランスも、本能に強く抗《あらが》おうとはしなかった。いつも本能を尊重してきたし重宝もしていたから、おざなりには扱えない。

だから、仕事が終わって家へ戻ると、手早くシャワーを浴びて変身した。それから森を抜けて八キロを駆けていく。フィッツギボンズのキャビンへと。


ティムがマカロニ&チーズを作っていると、裏口のドアがガリガリと引っかかれ、ワン!と声がした。ティムはさっとドアを開けた。

「チャンス! 帰ってきたんだ!」

その一瞬で、ティムに丸一日影を落としていた黒雲が蒸発した。自分がニコニコしているのがわかる。犬は落ちつき払って彼を見上げながら、激走してきたかのように息を荒げていた。だが膝をついたティムがぎゅっと抱きしめても嫌がらない。ティムの首筋をなめ、尾を振りたくって、犬なりに喜びを示している。

「どこに行ってたんだ？　帰ってくると知らなかったからドッグフードは買ってないぞ」

それを聞いても、チャンスは大して気にしたふうではなかった。

「ツナ缶ならあるよ。それでいい？」

チャンスがティムの横をすり抜けて、キッチンの床にちょこんと座った。外はすっかり気温が落ちて、ティムはぶるっと身を震わせながらドアを閉めて闇を追い出した。きれいなボウルに水を入れて置いてやると、チャンスが飲みはじめた。

「包帯はどこにやっちゃったんだ？　お医者さんがあれをしないとって言ってたのに」

チャンスは無視した。特に前足が腫れている様子はない。

マカロニ&チーズ作りに戻りながら、ティムの顔には笑みがたえなかった。

「あんなふうにいなくなっちゃって、ちょっとひどいじゃないか」とチャンスを軽くにらんだ。「飼い主のところに帰ったと思ったよ。それともただ束縛されるのが嫌だとか？　首輪につなぐべからず、ってやつか。決して縛られない、そういうことかい、チャンス？」

チャンスは答えなかった。

「ふむむ。あらゆる港に飼い主がいる、ってやつかな？　こっちで骨をもらい、あっちで毛の手入れの予約あり、どこかでやわらかい寝床。お見通しだぞ」

埒《らち》もないことをべらべらしゃべりながら、ティムは話の中身をろくに意識していなかった。ところどころでチャンスが吠えて同意した。

チャンスが戻り、でんとキッチンで存在感を放っているのを、やっとじっくり観察できる。昨夜の出来事は夢のようでもあったが、今まさにキッチンの明るい光にチャンスが照らされていた。本当にりりしくて力強い犬だった。毛並みが豊かで、シャンプーのおかげでつやつやだ。あまりに黒々として、どこか青めいて見える。片耳にぽつりと雪片のような白い斑点があった。素晴らしい空色の目でティムをじいっと見つめている。こうしてリラックスし、尻をついて座っていても、チャンスにはどこか一瞬で攻撃に移れそうな隙のなさがあった。

「どうかしてると思う話なんだけどさ。お前を見てると、少しだけ、ビューフォート保安官を思い出すんだよね」

ティムは、茹でたマカロニの湯を捨てた。

「あのひとも僕をそんな目つきで見る。しかも、そんなきれいな青い目でさ。じかに見た中では一番イケてる男だと思うけど、どうもちょっと微妙なんだよね。言ってることわかるかな。根っからの俺様タイプだし、あの手の男には僕はどうも矛盾した気持ちになっちゃう。眺めとしちゃいいけど、目の前にすると緊張するし」

チャンスの吠え声は苛立ち混じりだった。

「わかってるよ。保安官の陰口はよくないよね。果物かごもくれたんだし。いや本当に、太くて美味しいバナナがもらえりゃ僕はそれで充分だから」

自分のジョークの下らなさに、ティムは鼻から笑いを吹いた。

「あの果物かごに、犬用ビスケットも入ってるとよかったんだけどね」

マカロニ&チーズの準備が整うと、ティムはコストコで買いこんだツナ缶を取って、中身を皿にあけた。

「マヨは？　いらない？　やめといたほうがよさそうだね、犬に何を食べさせていいかよく知らないから」

自分のマカロニ&チーズの皿をテーブルにのせ、椅子の横にツナ缶の皿を置いた。チャンスはとことこやってきて、皿を眺めた。こらえきれず、ティムはつやつやした耳をなでてやる。

「帰ってきてくれてありがとう、チャンス」

その声は少しこもっていた。咳払いをする。犬がまた顔を見せたからって、涙したりするものか。ティムは孤独かもしれないが、そこまでみじめじゃない。

「さ、召し上がれ《ボナペティ》」

チャンスが観念したような溜息をつくと、ツナを上品に食べはじめた。

皿を洗った後、ティムはネルのパジャマのズボンに着替えて〝チャンスの毛布〟と勝手に名付けた毛布をリビングへ運びこんだ。チャンスはカウチに座っていた。

「今夜はカウチで一緒にすごしてもいい気分？」

テレビをつけ、一人と一匹用に毛布を広げた。少しして、チャンスが力を抜いてティムにもたれかかった。犬の体にティムが腕を回すと、この上なくしっくりきた。ぬくぬくして、やわらかくて、しかもチャンスはティムを間抜けだと馬鹿にしたりしない。そう思っているとしてもうまく隠しているし、ティムにはそれで充分だった。

「何見たい？」

あちこちチャンネルを回した。ＡＢＣニュースで止めると、ティムの肩に顎をのせたチャンスから哀れみの目で見られた。氷上の釣りのチャンネルでは、チャンスが低くうなった。

「嫌か？　何が好きなんだ、チャンス？　うちはアニマルプラネットは入ってないんだよ」

ヴィンセント・プライスの白黒の古いホラー映画を映した。チャンスはためらってから、クンと賛同の声を立てた。

「これ？　いいよ。ただし僕が下らない野次《やじ》をとばしても気にしないでくれよ。高校の時に親友とよくやったんだ」

ティムはリモコンをコーヒーテーブルに放り出すと、もそもそと身を丸め、チャンスを抱きよせた。犬が前足をティムの膝にのせ、ティムはその体に毛布を巻きつける。すごくいい。小さな彼の家で、それを分かち合えるチャンスと一緒。いつまでもこうしていられたら。

下らない野次、とティムが言ったのは誇張ではなかった。野次のほとんどが、見えすいた展開や安っぽい特殊効果に向けられていた。

「よーしじゃあ注文をたのもうかな。お前の腎臓をひとつ！　ガーリックブレッド添えで、さあ！」

「ドライアイスの霧が来たああ！　助けてえ！」

「でも……あなたがほしくって、フランク。この腐った牙がもうウズウズしちゃってダメなの」

　はじめ、ランスは内心でいちいち呆れていたが、そのうち野次が下らなすぎて笑えてきて、しかも時とともにどんどんおもしろくなってきた。そのうち、ティムが次に何を言い出すのか映画の筋より楽しみになってきた。そしてランスは——ランスのほうでもおもしろいことをひらめいたが、チャンスはそれを言えないのだ。残念なことに。

　ティムはカウチの上でだらりとくつろいだ可愛らしい姿で、ジョークをとばしていない時はランスをちやほやしていた。毛皮をなでたり掻いたりするその手は、まさに魔法の手だ。

　ふっとティムが顔を寄せ、ランスのこめかみを鼻でくすぐった。知らん顔をしようとしたが、〝チャンス〟の自制心はたちまち溶けていく。ティムの頬に鼻をつけ、押し返した。胸に温かいものがともる。

まずい。ランスの犬はとてもとても、ティムが好きなのだ。

彼——ランスも、ティムが好きだった。ティムがマリファナを育てているかもしれないことなどどうでもいい気がしてくるくらいに。

いつか、ティムがランス・ビューフォートのそばでこんなふうにくつろげる日が来ることがあるだろうか。ふとそう思うと、その光景が浮かんだ——彼、ランスが人間の姿でカウチに座ってティム・ウェストンとテレビを見ている。もちろん男ふたりは一枚の毛布の下でこんなふうに抱き合ったり、くっついて、なでたり、鼻をこすり合わせたりなどしないが。

ただし……ただし、彼らは今、そうしている。

ランスの腹にいきなり焼けるような熱がたぎった。欲望とパニック。なんてことを考えるんだ！　だがその考えが脳に居座りつづけるうちに、ティムのジョークのように、段々と馬鹿らしさが消えて魅力的に思えてきた。

もし彼がランスとして、並んでカウチに座っていたなら、ティムは彼の体に腕を回してくれるだろうか？　それともランスがティムの体に？　その時もティムはこんなにおどけてじゃれついてくれるだろうか？　もしランスが人間の姿をしていたら、ティムはこの午後、果物かごを渡した瞬間のように彼を見てくれるかもしれない……まなざしが温かくなり、鼓動が速まり、フェロモンのにおいが誘いのメッセージを放っていた。イエス。お願い。今。ティムはたしかにキッチンで認めていた——ランス・ビューフォート保安官はイケてると。

〝チャンス〟はクウンと鳴いて床へとび下り、腹這いになると、前足に頭をのせた。

「暑すぎた？　これどかそうか」

ティムは毛布を横に放り出して、カウチをポンと叩いた。ランスは動かない。

「ポップコーンの要求かな？　僕もほしいなと思ってたところなんだけど。それでさり気なく要求してるつもり？　わかったわかった」

ティムは立ち上がるとハミングしながらキッチンへ入っていった。

あまりにも幾重にも駄目な状況で、考えるだけでランスの頭が痛くなってくる。犬の姿でいる最中にティム・ウェストンと抱き合ったりいちゃつくところを想像するなんて、いけないことだ。いやどんな姿でも！

だが、もし……ランスがランスとしてここに戻ってきたら？　そしてただ……どうする？　一杯飲もうとティムを誘う？　誘うのか――デートに？

ありえないことを考えている。ランスは保安官だ。デートなどしない。それに彼の犬の部分にとってはそんな軽々しい関係などありえない、人間がするようなろくに知らない相手と気軽にセックスなどできない。ランスにとって、ひとというのは群れの仲間か他人しかいない。群れの仲間ならば、皆に役割があり、階層《ヒエラルキー》がある――母、親しい友人たち、同僚、顔なじみ、彼の保護すべき群れの中でも弱い仲間たち。そこにつがいは含まれない。つがいに費やす時間も余裕もランスにはない。その主義をたとえ曲げても、純血の人間の男など、絶対に相手に選ばない。

人間とクイックとの間の異種結婚、それはある。割とよく。だがクイックの四世代目であるランスには、クイックは純血の人間より格上だという隠せない優越感があった。純血の人間との結婚は下位との結婚だ、という価値観。愛すべき母から少々影響されすぎた物の見方かもしれないが。

ティムの性別は、大した問題ではない。マッドクリークの町には男同士で絆を結んだカップルもいる。クイックでも、人間でも。絆を結ぶ犬にとって大切なのは性別より相手の心なのだ。ランス個人としては、その点クイックたちは人間より進化していると思っていた――何にも惑わされず、相手の真価をまっすぐに受けとめる。ひとを見る目について彼はクイックたちの判断を――これに関してはただの犬の判断すら――人間のものより信頼していた。

それはいいとして、男とつがいになれば子供は持たないことになる。大きな決断だし、母が引きつけを起こしそうだ。だがランスは元から結婚する気も子供を持つつもりもないと唱えてきた。なら、ティムが子犬を生めないからって今さら何が変わる？

待て。

つがい？

何を考えてるんだ。誰かとつがいになる気なんかない、ティムとも！　誰とも！　一体なんだってそんな――。

ああ、そうだ。ティムとカウチで抱き合えたら最高だなんて考えていたせいだ。ティムとよりそうなら己の姿でやるべきだ、犬の毛皮に隠れてではなく。だが人間の姿で抱き合うのは……その先にあるのは、ランス・ビューフォート保安官にはかなえられない夢だ。

切ない、クンという声が喉からこぼれていた。ランスの犬が、人間としての主義と矛盾するものにこうも強く焦がれたことはなかった。ただ犬でいることがこれほど楽に思えたこともなかった。チャンスの姿ならティムの愛情に甘えて、じゃれ合って、一緒にいられる。そこに深い意味など持たずに。それはランスには許されない時間。

ティムがポップコーンの大きな器を手に戻ってきた。靴なしの靴下だけの格好で、ネルのパジャマに包まれた長くすらりとした脚がいい眺めだった。だが、また映画をつけるかわりに、ティムは部屋の真ん中に立った。

「チャンス、ほーら」

ポップコーンをひとつ高く放り上げ、口で受けとめる。噛んで、ニコッとした。

「じゃあお前の番。いい？」

ティムがランスに向けてポップコーンを投げた。ランスは前足に頭をのせたまま、彫像のように動かなかった。その鼻にポップコーンがはね、床に落ちた。ランスはそれも無視した。

「ほら、やろうよ！　せめて一回だけでも」

やってたまるか。

「チャンス！　ほら、いいか、見てて」

ティムはまたその下らない得意技を繰り出し、投げたポップコーンを口で受けとめた。

「じゃあそっちの番。取って、チャンス、取るんだ！」

ポップコーンは動かないランスの鼻面にはねた。彼は低くうなる。

「おっと、ポップコーンキャッチなんかで遊ぶのはプライドが許さないかな？」

ティムが鼻を鳴らしてみせた。

ランスは溜息をついた。

「それとももうお年かな？　そんなに早くは動けない？　目がかすんでる？　そうかあ」

ティムが唇をとがらせ、わざとらしく同情してみせた。

また次のうなりが、はっきりと、チャンスの喉元でひびいた。

ティムが笑った。

「わかった、わかった。じゃあこうしない？　ゲームだ。先にポップコーンキャッチをミスったほうが家の回りをぐるっと三周走るんだ、その間ずっと吠えながら——それか歌いながら。ノッた？」

ランスは体を起こして座り、目をほそめた。鋭く吠える。そいつは見せてもらおうか。

「よし。僕が先」

ティムがポップコーンを高々と投げ、口で、ぎりぎりキャッチした。

ランスは唇をなめて背すじをさらにのばした。

「よし、そっちの番だ。いいか？」

ティムはポップコーンをひとつ手にしてタイミングをはかった。

ランスは集中して待つ。ティムがポップコーンを放った。ランスがそれを宙でぱくりと受けとめ、飲みこむ。

「やった、スコア！」

ティムが離れたところからエアハイタッチをしてみせた。

「勝つ気でいるな、そうだろ、〝お口がツナ缶フレーバー〟？」

ランスはふんと息をついた。もう一回やってやろうか、無駄だがな！

ティムは二度目のポップコーンキャッチに成功し、ランスもキャッチした。実のところティムはランスへのポップコーンを難しいところへ力いっぱい投げ、自分のためにはひょいと放り上げるだけなので、不公平だ。だがランスのほうが速く、どれだけ無茶なところに投げられても取る気満々だった。そして取ってのけた。

――勝てないぞ、人間。あきらめろ。

十三個目のポップコーンをついにティムがとり損ね、顎にはねた。ランスはそのポップコーンが落下するより早く、宙でぱくっと食べた。

「うわあ、やられた！」ティムが胸を刺されたようなふりをする。「見せつけてくれるね」

ランスは一声吠えると、玄関先へ行ってじっとドアを見つめた。

「わかったわかった、執行が楽しみでしょうがないみたいだな、異端審問官！　靴を履くから待って」

月下のランニングにティムが選んだ歌は『ウィー・ウィル・ロック・ユー』だった。フルコーラスを聞き届けるためにランスはそばで走ることにした。キャビン周りを三周した後、ティムは家裏の大きな空地に走りこみ、歌いつづけながらヘッドバンギングで髪を振り乱し、エアギターを演奏した。ランスはハイになったような勢いでティムの周囲をあっちこっちへ駆け回った。犬なりの、それが笑いの表現だった。

彼の大事な人間が幸せなのだ。ランスの犬は有頂天だった。

違う、幸せなのはティム・ウェストン。それがやはりランス・ビューフォートをご機嫌にしている。

だが外は寒く、ほどなくティムが「映画の続きを見ないとヴィンセント・プライスにたたられる」とぶつぶつ言い出してふたりは中へ入った。今さらつき放しても手遅れだと、ランスはカウチにとびのって、ティムのそばで、ぬくぬくと抱きよせられるままになった。

だが後に、ティムが寝室に向かう時、いくら甘くなだめすかされてもランスはついて行くのを拒んだ。また居間の隅《すみ》の毛布で丸くなって眠る。

夜明け頃、そっと抜け出した。

7　しっぽの困りごと

「ラ、ラ、ランス・ジェ、イ、ミ、ソ、ン・ビュ、ー、フォ、ー、ト、お前はその素敵な頭をどっかになくしちゃったの！」

もちろん、母親に嗅ぎつけられるのは時間の問題だった。ランスは絶望に呻いた。今から起きようという狂瀾怒涛の惨状に、心の準備がまるでできていない。机に頭をゴンとぶつけたいところだが、あわてて立って行ってオフィスのドアを閉めるので手一杯だった。

「声を下げて、母さん。たのむから」

蒸気が立ちのぼる一六〇センチ足らずの発電機を――つまりは母を――見やる。こんな無駄なお願いをするなんて、ランス・ビューフォートが楽天家じゃないなんてもう誰にも言わせまい。

だが、驚いたことに、母のリリーは囁きにまで声を落とした。そこまで気まずい話なのだ。

「ビル・マクガーバーからついさっき聞いたわよ、耳を疑ったわ！　あなたが犬の真似をして、おかしな人間の相手をしてるなんて！」

「そういう話じゃないんだ」

ランスは自分のデスクの避難所へ戻った。

「それと、次に会ったらビルには礼を言っといてくれ」

「つまらないことを言わないで！　私から隠し通せることなんかあると思ってるの？　さあ何が起きているのか教えなさい！　本当にその人間の車にひかれたの？　そんなところで何してたの！　なんでまだそこに通ってるの！」

「通ってなんか――」

ランスは嘘をつこうとした。だが母の表情が、やれるものならやってみろと脅してくる。ランスは発言を呑みこんだ。どうしてティムのところに戻ったのを知られている？　誰も知らないはずだ、ビル・マクガーバーですら。

その疑問を読んだかのようにリリーが鼻息を立てた。

「あなたは春の雨みたいにいつも予想通りで、乾きかけのペンキ並みに退屈な暮らしぶりだもの。我が息子ながら。何か緊急事態がない限り、七時に家に帰って、独りきりで夕食をとり、ランニングに行って、きっかり一時間独りきりでテレビを見て、十時に寝つく。神が時計を失くされたってランス・ビューフォートを見れば時間がわかる」

「そこまでわかりやすくはない」

「三晩続けて九時に電話したのよ、土曜の群れのディナーにちゃんと来るように言っとこうと思って。あなたにはいつも九時に電話するようにしてるのよ、ランス。だから家にいないのがわかった。三晩も続けて！　あの人間の家にいたんでしょう、違う？」

　四晩続けてだ、実は。四晩続けて。ティムがうっかりチャンスを〝はねた〟あの夜から。まるでクッキーをつかんだらクッキージャーから手が抜けなくなってしまったみたいな、運の尽きという切羽詰まった予感――ランスにそんな思いをさせられるのは母だけで、どうやら一生卒業できないもののようだ。耳の先が熱くなり、その色がビーコンみたいに自分の罪を告白しているのがわかった。

「……電話の調子が悪いんだよ」

　とりあえず、言ってみた。

　リリーがデスクに一歩で詰めより、両手を置いて身をのり出すと、じっとランスを見つめた。

「ああわかったよ！　あの家に行った！　でも仕事のためだったんだ……それにまだ仕事絡みなんだ！」

「へえ？　説明してちょうだい。あなたの仕事は保安官だと思ってたわ、『名犬ラッシー』の出演訓練じゃなくてね」

　ランスは溜息をついた。もうごまかせない。何もかも話すしかなかった。

　なので、話した。ティムの言葉がダイナーで耳に入ってきたこと、温室にある種まきトレイのこと、空地を耕していること、そしてマリファナ栽培の連中が町にやってくることへの恐れを。

「だから、俺は簡単な偵察をしているんだ、それだけだ。犬の姿のほうがそれをやりやすかっただけで。ティム——つまりこのミスター・トレイナーだが、彼は、俺がいつもの姿で話そうとするとひどく逃げ腰になるんだ。わかるだろう。俺は時々……高圧的だから」

「まさかあなたが？　高圧的なんて」リリーの声は皮肉に満ち満ちていた。「じゃああなたは麻薬ディーラーかもしれない人の家で犬のふりをしているのね。彼をスパイしようと」

反論したかったが、困ったことに大枠はそういうことなのだ。ランスは肩をすくめた。

「ランス、とんでもないことしないで！　その男は危険よ！　暴力的になったらどうする気？　もし外の檻にとじこめられて、出られなくて凍え死んだらどうするの？」

ランスは天井を仰いだ。

「ここはカリフォルニアだよ、母さん。俺の毛並みならアラスカでだって凍死は難しい。大体、俺にもっと犬としてすごせといつも言っていただろう。なら喜ぶべきだ」

「犬として私たちとすごしてって言ってるのよ、麻薬ディーラーとじゃなくて！　面白半分に毒でも盛られたら？　闘犬の組織に売りとばされたら？　去勢されるかも。そこまで考えた？」

考えていなかった、それは。恐怖に貫かれ、想像上の痛みについ脚を組んでいた。

「殴られたらどうするの？　犬の姿であなたを守るものは何もないのよ、ランス。牙だって銃やナイフにはかなわない。その男が乱暴になってこづき回してきたらどうするの？　ヒトに戻って殴り倒す？　そんなことしたら私たちのことを知られてしまうのよ！」

「勘弁してくれ！　全部的外れだよ、母さん。ティムは、俺が見た中でも誰より優しい人間だ。マリファナを育てているかもとは言ったが、そうだとしても冷酷でもないし暴力なんかふるえる奴じゃないんだ。あの様子を一目でも見ればわかる……彼はチャンスを愛してるんだ！　とにかく……俺にやたらとキスする。昔から犬がほしかったとも言っていた。それに彼は……俺は……彼は……」

　リリーが凍りついたように動かなくなった。彼女が動かなくなるなんて、嫌な予感しかしない。

「チャンスって？」

　ランスの耳がさらに熱く燃えた。

「それは、ええと。彼が俺に付けた名前だ。俺の犬に。犬の姿の俺に。ビルが言ったことがきっかけで……だから？」

　リリーがデスクを回って、ランスの最後の防御地帯の中へと踏みこんできた。デスクの後ろに入ってくると身を屈め、睫毛を数えにかかるようにランスの目をのぞきこんだ。

「あら。まあ。星に誓って、なんてこと……あなた、彼が好きなのね」

　ランスは「フン！」とバカにした音を立てた。だが気付けば母の視線を避けていて、窓から外を見ていた。弱気の証だ。どうにか目を合わせ、挑戦的に見つめ返した。

「言っただろう――仕事だ。何日かすれば、片付いて、おしまいだ」

リリーの目が、考えこむようにほそめられた。

ランスは溜息をついた。

「なあ、彼は種まきトレイをずらりと温室に並べていて、何を植えたのか言おうともしないんだ。だから、芽が出たらローマンに温室に行ってたしかめてもらう。ローマンは麻薬探知の訓練を受けている。もし、何でもないということなら、それでいい。〝チャンス〟は姿を消す。もしミスター・トレイナーが違法なものに手を出していたら、その時は……この手で、逮捕する」

おかしなくらい、その言葉がうまく出てこなかった。すでにランスには、手錠をかけたティムを犯罪者のように車へ押しこむところなど想像もできなくなっている。ちょっと脅しつけるだけで済まないだろうか。きつく説教するとか。町から追い出すとか。

身の内で、ランスの犬が弱々しく鳴いた。

リリーはまだ、何もかもお見通しという目で彼を見つめていた。

「それで、芽が出るまでどれだけかかるものなのよ？　ちゃんとわかってるの？」

「わかってるよ！　調べた。発芽にかかる日数は十から二十一日、そして彼が種まきを始めたのは少なくとも一週間前だ。だからもう、すぐにでもおかしくない」

母の思考回路が猛スピードで回り出しているのがわかる。

「どうして、寝てる間にそっと行って温室をのぞかないの？」どうして家の中に上がりこまなきゃならないの？

胸に落ちつきの悪い熱がともり、ランスは一気に不機嫌になった。自分のやり方にケチをつけられるのは大嫌いだ。

「はじめは、家の中も確認したかったからだ。現時点では、彼がチャンスに気を許している状態を保つことで、敷地のすみずみまでいつでもアクセスできる。いざ必要になった時も」

「ランス、あなた、危ない橋を渡っているわ」

「事態は掌握できている。問題ない」

「もうそこには戻らないって約束して」

リリーがチチッと舌を鳴らした。

立ち上がると、ランスはにらんでくるリリーの目をにらみ返した。

「俺は、必要だと判断したことをやる、母さん」

子供のころに、リリーに対しては立ち向かうか、言いなりにされるかの二択しかないと学んでいる。そしてランスは誰かの言いなりになるタイプではない。時に、単に我を通すためだけに母に「ノー」と言うくらいだ。日常のエクササイズみたいに。

リリーから、さらににらまれた。

「……わかったわ」とついに母が言う。「年の功の母親の言うことなんか無視してなさいよ。いつか後悔するわ」

　ランスはうんざり顔を返した。

「もう母さんにはわからないくらい後悔してるよ。いいか、しゃしゃり出ないと約束してくれ。誰にも言わないし首もつっこまない、町でミスター・トレイナーを見てもつけ回したりしない、その直情型の頭にどんなアイデアが浮かんだとしてもやめるんだ。これは母さんが口出ししていいことじゃない、俺の仕事だし、近づいてもらいたくない。俺のテリトリーだ。わかったか？」

　リリーが鼻を鳴らした。

「誰に言うっていうのよ。皆に知られたいとでも？　うちの息子が〝犬とご主人様ごっこ《パピープレイ》〟にハマってるって？」

　ランスの癇癪が超新星《スーパーノヴァ》レベルに達した。胸の中の細胞が一気に燃えさかる、たとえようのない感覚。

「パピープレイなんかにハマっていない！　大体、そんな単語をどこで覚えたんだ！」

　お馬鹿さん、と言いたげにリリーが手を振った。

「やめてよ、私だって生まれながらに五十歳だったわけじゃないのよ」

「死にたい気分だ。今すぐ」

呻いて、ランスは顔を覆った。

「あらあら、わかった、いいわよ！　じゃあこうね、あなたは犬の姿で偵察をしていて、それはそれだけのことで、私が口をはさむことじゃなくて、その上私は生まれてこのかたバージンなわけね。あなたもほかの子供たちも神秘の授かり物よ。これでご満足？」

ランスは鼻から息を吸い、吐いた。雄牛のように。

「ほら、気を鎮めて！　心臓発作を起こすわよ。じゃ、また後でね。土曜のディナーを忘れないように。七時きっかりよ、チャンス」

部屋から出て行くリリーの姿は、まるで見えないしっぽをご機嫌に振っているようだった。

　この〝仕事〟にはランスが言っている以上の何かがある。リリーにはわかっていた。

　感じとれるのだ。ランスの犬の雰囲気が違う。前より活動的で、のびのびして……幸せだ。だと言うのに、ランスときたら強情になって一歩もゆずらないという態度――。

　まあ、どうせあの子は昔からああいう子だった。

　しかしこの馬鹿らしいごっこ遊びには何かがある。リリーはごまかされなかった。だが当然ランスはそれを認めもしないし、手を引くこともないだろう。

　ならほかに手はない。謎のティモシー・トレイナーをこの目でたしかめるのだ。リリーは保安官事務所のリーサに電話した。

「リーサ！　お願いがあるのよ。ランスが時間のかかりそうな用で出かけたら、私に電話で知らせてくれない？　でも私がたのんだとか、教えたとかはランスには黙っててね」

回りくどくお願いする必要もない。町の誰もが、リリーがあらゆることに首をつっこまねば気がすまないとわかっているし、ランスの受付係であるリーサの心にはもうそれが刻みこまれている。

『まかせて、リリー』とリーサが暇そうな声で答えた。

「ありがとう！」

さて、次は訪問の口実を作らねば。引越し祝いの果物かごなんてどうだろう？


シャベルが憎い。どれだけ手をくるんでも、つぶれた水膨《みずぶく》れのおかげでこのムカつくシャベルを使うと死ぬほど痛い。ありがたいことに、作業開始から三十分もすると手は痺れてきて痛みも薄らいだ。次はシャベルを土にくいこませようと踏み付けつづける太腿の痛みと、赤土をせっせと掘り起こす背中の痛みだ。

うんざりと、ティムは作業の終わったわずかな地面を見やった。つらく長い三日間で、必要な広さの四分の一も終わっていない。いつ種が芽吹いてもおかしくないし、この地域の終霜日は五月の十日。苗をあと一、二週のうちに地面に移植しなければ。その次には豆やレタスを、地植えで蒔くのだ。パワーショベルを雇いたいところだが、銀行口座から金が出て行くのみの現状で何百ドルも出費する言い訳も立たないし、それならもっと種を買いたい。肥料とか。それかマカロニ＆チーズ。ほかにもあれとかこれとか……。

種の様子はどうかと、昼の見回りに温室へ入ったティムは、侵入者を見つけていた。女性が種まきトレイをのぞきこんでいる。どういうつもりだ？

「えーと……どうも？」

ティムはこわごわと声をかけてみた。

小さな女性だ——一六〇センチくらいか。しかも細身。嗅ぎ回っているところを見つかったというのに悪びれもしていなかった。

「ハーイ、ティモシー・トレイナーね？　私はミセス・ビューフォート。でもリリーって呼んでくれて結構よ。コーヒーケーキを持ってきたの。それで、ここまでね」

女性が手を振ったカウンターの上に、布をかけたケーキの型が置かれていた。

「え。あ。それは……ご親切に。いや、あれ——」

ビューフォート？　ティムは女性の黒髪と空色の目を見やって、おかしなほど赤面するのを感じた。

「ビューフォート保安官とは何かご関係が……？」

「母親よ」

その事実を誇った、かけらも疑いのない口調だった。そりゃ疑わないだろう、母親なんだから。

「母親というほどの年には見えませんね」

ほめ言葉のつもりで言ったわけではないが、女性がふっとくつろいだので、ほめられたと取ったのがわかった。

「あら。ありがとう。ランスは、うちの息子はね、保安官なの」

「それは……知ってます……」

「心優しくてね」

ティムはお行儀よくうなずいた。そうおっしゃるならそれで。

「真面目すぎるけど、大きな責任を背負っててね。何のトラブルもないように見張ってるのよ。トラブルはね——この町にはいらないものだから」

ティムは、青い目へとまばたきした。彼女はその言葉をはっきりティムへ向けていた。

「はあ」

「だから、あなたは自分の……植物を……」女性が温室全体を手でぐるりと示した。「どこか別のところで育てたらいかが？　フレズノのほうが暖かいわよ」

「はあ？」

ティムはドアのほうへ一歩下がった。リリー・ビューフォートが近づいてきて遠慮なく距離をつめるものだから、つい逃げかかる。

「それにね、そのほうがもっと大勢あなたの……その売り物を買うでしょうよ。ずっと大勢が。オークハーストだってここよりはいい。充分ここから離れてるし。マリポサなんかもどう？」

背中に温室のドアノブが当たって、やっとティムは自分が下がりつづけていたのに気づいた。リリーは首を傾けて彼をじっと見つめており、その一心の、攻撃的な目つきが彼女を実際よりずっと大きく見せていた。逃げたい衝動がティムの心をせっつく。

そうするかわりに、腹が立ってきた。言いなりになるのはもうたくさんだ！　大体この町はなんなんだ？　住人は信じられないくらいに人懐っこいか（ダイナーで働くデイジーみたいに）、いつもテンション高くティムが一メートル以内に近づいたが最後こっちの耳が落ちそうなほど話しかけてくるか（郵便局のミスター・ビーグルのように）、と思えば残りはビューフォート一家のような……まったく。この一家に誰か〝プライバシー〟って言葉と意味を教えてやってくれ。

背中に回した手でドアノブをつかむと、ティムは一歩脇にのいて、ドアを開けた。

「ケーキをどうも。でも出ていくべきは、ミセス・ビューフォート、あなたでしょう。会えてよかった。さよなら」

リリーは呆気《あっけ》にとられて、まるでティムからそんなことを言われてショックを受けたような顔だった。しかしまず無礼だったのはそっちだろう！　ティムに謝る気はなかった。

　まだ彼を眺めながら、リリーは一歩下がった。

「どうしてマッドクリークに来たの、ティム？」

「どうしてかって！　どうしてかって言うと、この家の持ち主のリンダ・フィッツギボンズと知り合いで、お互い合意したからだ、家賃無料で住んでいいから今育てている新種の植物を渡すって。そりゃとびつくだろう、文無しなんだし！　仕事もなくして、一からやり直しにきたんだ、悪いけど追い出されたりしてあげないよ！　あなたやあなたの息子や、ほかの誰からもね！」

　リリーは不満げな息をついたが、目つきはやわらいだ。ひょいと植物たちのほうへ向き直って、たった今ほとんど見知らぬ同士が言い争ったことなどもう忘れたという顔だった。トレイに寄っていって土をつつく。

「あ、ちょっとそれは――」

「リンダ・フィッツギボンズのための新種の植物って……それはどういうこと？」

　リリーの口調はさっきより優しくなっていた。好奇の念。だが信用ならない。

「バラだよ」

　むすっと言ってしまってから、ティムはすぐ後悔した。だがリリー・ビューフォートがルーツ・オブ・ライフ社やマーシャルのことを、そしてティムのバラの実の出どころを知るわけがない。真実を言ってもいいだろう。

「うちの庭にも黄色いバラがあってね。丈夫なバラだと思うのよ、何の手入れもしてないもの。きれいな花だけど黒い染みがあるの」

「黒星病《くろぼしびょう》かもしれない、それか灰色かび病か。陽当たりはどうです？」

リリーが肩をすくめた。

「家の正面の壁沿いよ。東向きの壁」

「壁のそばなら、半日は家の日陰ですね。一日に四時間以上陽当たりがあるなら問題ないけど、黒星病用にいいオーガニックのスプレーがありますよ。よく効く。それと、定期的に落ち葉を片付けておくといいです、菌は葉の中にいるので」

リリーはまだ彼を品定めしていたが、ぶらぶらと歩いていって、温室を見回した。

「あなたが育ててるバラは黄色？　赤？」

「交配種なので二つの違う種のバラを掛け合わせるんです。だから咲くまではっきりしたことはわからない。でもそう、黄色になりそうないい感じの掛け合わせも育ててます。ただミセス・フィッツギボンズにと思ってるバラは、クリーム色の花びらで先がラベンダーのものです」

「可愛いでしょうね」

大した感銘を受けた様子はなかった。

「そのはず、です。うまくいけば。とても難しい組み合わせなんです。花弁の先に色が付く場合、赤やピンクが多くて。ラベンダーのものはない。とにかく僕も滅多にためす色じゃないし。これがうまくいったら——」

ティムは口をぱちんととじた。細かい話を聞かせて何になる。どうせ大口叩くだけの負け犬と見られるだろうし、自分の実績をわざわざひけらかすつもりもない。大体なんで今ぺらぺらしゃべってるんだ？

リリーが振り向いて、ニコッとした。

「私ね、昔から植物が好きなの」

「そうですか」

「ええ、そうよ！　成長！　命！」

鼻を奇妙にピクつかせた。

「もっと色々聞きたいわ。ね、どこかに行ってコーヒーとコーヒーケーキをいただくってのはどう？　あなた奴隷みたいに働きすぎじゃないの、ティム。一休みしないと」

「はあ、でも——」

リリーはコーヒーケーキをつかむと、ティムと腕を組んでさっさと歩き出した。

コーヒーとコーヒーケーキをはさんで、ティムはルーツ・オブ・ライフ社のことをリリーに話して聞かせた。

自分が交配した〈パープル・パッション・ペッパー〉のことや、その種が受賞したことも彼女に話した。

マーシャルについて、あのろくでなしについても話した。あの男がひとりじめにした利益や品種登録のこと、そのおかげで自分の作った交配種を育てられないでいることも。

食虫植物のドキュメンタリーで、ある植物が小さな繊毛でゆらゆらと誘って次第に引き寄せられた食物のかけら――たとえばハエ――をとらえてしまうのを見たことがある。リリー・ビューフォートと話すのはそんな感じだった。彼女の両目は情報を吸い上げるバキュームのようで、小さく呟く同情の相づちが、揺れる繊毛のようにティムの人生物語を苦もなく誘い出していく。

それにきっと、ティムは誰かに聞いてほしくてたまらなかったのだ。もうまるで話を止められなかった。

ふたりでコーヒーをポット一杯ぶん飲み干し、コーヒーケーキを残らず平らげた。こんなに小さいのにリリーはじつによく食べた。

「あなたは大成功するわよ」リリーは当然のようにそう言って、皿から最後のケーキのかけらをつまみ上げた。「お友達みんなにマッドクリークのファーマーズマーケットであなたのところへ行くよう言っておくわ」

「ありがとう。助かります」

心から、ティムは感謝した。

「でもひとりで全部やるなんて駄目！」母親らしく舌打ちしてみせる。「大変すぎるわよ。それにずっとひとりでいるのもよくない。あなたの年ごろの男の子にはいいことじゃないわ。周りから変に思われるかも。特に、馬鹿な人たちからは」

「ひとりじゃないです。チャンスがいるから」

ふっと愛しい思いがこみ上げて、ティムはここにあの犬がいたらと願った。

リリーが好奇の目を丸くする。

「チャンス？」

「僕の犬です。というか、そうだったらいいなと」

「ふうん、どこにいるの？」

リリーがきょろきょろする。

「チャンスは、その、えーと、昼間どこに行っているかわからなくて。夜しか来ないんです。ほかに家があるのかも。あっ、もしかして知りませんか？　コリーの一種だと思うんですよ、すごくふさふさした黒い毛で、きれいな目をしていて、ここがぽちっと白くて——」それを思い出しながら、ティムは微笑んで耳にふれた。「本当に、見たこともないくらい素敵な犬なん

です」

「心あたりは全然ないわね」

リリーはそっけなかった。

「まあ、マクガーバー先生はこのあたりの誰もチャンスを飼ってないって言ってたし、先生ならまちがいないでしょうし……チャンスは単に、日中あちこち行くのが好きなだけなのかも。とにかく、一緒にいるとすごく楽しいんです。全然大丈夫です、チャンスとふたりなら」

リリーがぼそぼそと言った。

「なんか年取った犬みたいね。おもしろみのない、自分の流儀で凝り固まってて」

「おもしろい犬ですよ。たしかに頑固だけど」ティムはニコッとした。「時々、僕のほうが思い通りに動かされている気がするくらい」

「その感じ、わかるわ」リリーが輝くような目でティムを見やった。「でもろくに動かないいんでしょ、きっと。そりゃあなたは一日中働きづめだし、遊び好きの犬はいらないでしょうけど。一緒にカウチで丸くなってくれるだけでいいのかしら」

ティムは笑い声を立てた。

「チャンスは全然違いますよ。ゆうべは一緒に森へ散歩に行って、新しい道を教えてくれたんです。たしかに映画を見るのも好きですけど。でも合間にはふたりでダンスして遊ぶし」

昨夜、一緒に『オースティン・パワーズ』を見ながら居間でとびはねたことを思い出して、ティムの頬がゆるむ。

　リリーがコーヒーでむせ返った。

「ダ、ダンス⁉」

　馬鹿みたいだろうか。なんで余計なことまでしゃべった？

「いや、ほら、ちょっとふざけて。動物相手のほうが気が楽にすごせるんです」

　リリーがふううっと息をついた。

「僕は、犬を飼ったことは一度もなくて、でも――ええ、チャンスは最高です。もしかしたら、今の僕は、人間とは距離を置いたほうがいいのかも」

　胸にぐっと熱くつまるものがあって、ティムは口をつぐむと、コーヒーを飲んだ。

（お前は負け犬だ、これまでも、これからも――）

　やっぱり、人間にはしばらく近づかないほうがいいのかもしれない。

　リリーがポンと彼の手をなでた。

「つまらないことを。あなたに必要なのは可愛いお嬢さんよ。二本足のね」

　奇妙な言い回しにティムは笑って、それからためらった。だが恐れは持つまい――これに関しては。大体もうリリーに洗いざらい話してしまっていた。もしこれで、彼女が友達へのティムの野菜の宣伝をしてくれないなら、仕方ない。

「僕、ゲイなんです」きっぱりと、そう告げた。「だから、女の子はなし。二本足でも何でも」

リリーは小首をかしげて物思わしげに彼を眺めたが、気分を害した様子はなかった。一言「あら」とだけ言って。

ふたりは残りのコーヒーを、静寂のうちに飲み干した。

8 絶望の種

ローマンは、その黒い車の感じが気に入らなかった。見回り中に二回、この車を見ている。一回目は町なかをゆっくり走っているところで、リアウィンドウはスモークガラスで車高は低く、ピカピカ光るシャシーは路面からほんの数センチというところだ。フロントウィンドウ越しに、二人の男が見えた。運転手と助手席の男、二人とも黒髪で肌が浅黒く、サングラスをかけている。

最初はろくに気に留めなかった。二度目には、町の北側のブロード・イーグル通りをパトロールしているローマンのそばを、同じ車がゆっくりと通りすぎていった。ローマンはすれ違う車の運転席を見つめたが、運転手も同乗者もこちらを見返しもしなかった。

人間は、視線を感じれば相手を見るものだ。わざ〳〵と無視しているのでない限り。

そして今、その車がブロード・イーグル通りの端の待避所に停まっていた。マッドクリークの町の中心部を見下ろせる場所だ。片方の男は車のボンネットによりかかって道に目を配っていた。もうひとりは景色を見に前まで出ている。何気ないふりを装って腕組みしていたが、体に半ば隠れて、右手に何か持っているのがローマンにも見えた。

黒い双眼鏡。

ローマンはその待避所に車を入れて、エンジンを切った。車を降りる前にひと呼吸置く。揺らぐ、不安な気持ちに襲われていた。ジェイムズ・パトソン軍曹がここにいてくれたなら。ジェイムズなら、どうすべきかわかっていただろう。彼の判断をいつも信じてきた。だがジェイムズはここにいないし、ローマンには守るべき町がある。ビューフォート保安官からたのまれたのだし、なにより役に立ちたかった。

背中のホルスターにしっかり銃が収められているのをたしかめてから、上着を羽織《はお》って、車から外へ踏み出した。

「いい日だね」

車に寄りかかっている男が、近づくローマンへ気さくに声をかけた。かすかにヒスパニックのアクセントがあった。

たしかにそうだ。四月だし、夜はまだ少し寒いが、日中は暖かくなってきている。いい日だと言えるくらいに。

ローマンは男から数歩のところで足を止めた。首筋の毛が逆立ち、威嚇の吠え声を立てて牙をむき出しにしたくてたまらない。この男たちにはどこか嫌なところがあった。何か得体の知れないところが。

ローマンはその衝動を呑みこむ。

「どこから来たんだ?」

「LAさ。休暇中でね、だよなァ?」

男が連れを見やると、連れはぼそぼそ同意した。どちらの目もサングラスで見えない。嘘なのかどうかが読めなかった。時にローマンは、人間の鼓動の変化やにじむ汗のにおいなどから嘘を聞き分けられたが、それも嘘に罪悪感を持つ人間に限る。

「どこに宿泊を?」

たずねたローマンの声はざらついていた。

車にもたれている男が連れと視線を交わした。

「おいおい、落ちつけって。こっちは悪いことは何もしてねえ。眺めを楽しんでるだけさ」

「悪いことをしてるなんて言っていない」

「だな、あんたは警察《サツ》でもねえし」

顔をピシャリとはたかれた気分だった。お前には何の権限もない――だがローマンは保安官事務所に雇われている身だ、一時的にでもあっても。

「単に話を聞いてるだけだ」

またも、たよりない気分になる。もしジェイムズと一緒にこの状況に当たったなら、ローマンは自分の綱を強く引いて、この場所では歓迎されないとこの男たちにわからせる一方、ジェイムズがその綱を握って彼を制御するだろう。ジェイムズは容赦なく、だがクールに事態に対処し、物事を荒立てずにローマンの危険性を見せつけるのだ。

だが今やローマンは自分とジェイムズ、両方の役をしなくてはならない。己を抑えて法に従わねば。それがどうにも心もとなかった。

「滞在を楽しんでくれ」結局、ローマンはそう言った。「また見かけることもあるだろう」

お前たちを見ているぞ。

車に戻ると、ターンさせ、ゆっくりと坂を下っていった。

報告書に書いておこう。ビューフォート保安官ならどうするべきか教えてくれる。

ランスは、もう己の内なる犬と戦う気すらなくしていた。チャンスはティムのそばにいたがっている――本能的な犬の喜び、忘我、そしてひたむきな保護欲、そのすべてを求めている。

だから、ランスは犬の好きにさせた。

どうせじき終わるから、その間だけでも犬を楽しませてやればいいと、自分に言い訳した。

こんなことはもう二度とない。それに、自分の犬の本性について知っていくのも興味深かった。たとえば、どれほどその犬の心が自由か、愛し愛されることを性的なしがらみなしで楽しんでいるか。そこで気まずくなることも、うまくやろうと焦ることもない。ランスの犬は、ランスよりもずっと人付き合いがうまかった。

これが終わったら、もっと出かけて皆と交流し、せめてデート相手くらい見つけられるようにしよう。ティムと友達にだってなれるかもしれない。彼の犬が、ランスの視野を広げてくれた。

この一週間、チャンスは毎晩ティムとすごした後でリビングの床で眠った。毎朝、ティムが起きる前にランスの姿に戻り、温室をのぞいてトレイの芽が出てないかたしかめ——まだだ——犬に戻ると家まで走って仕事に行く仕度をした。

正直なところ。ランスは、ティムが園芸についてとんだド素人なんじゃないかと疑いはじめていた。

「この種たち一体全体どうしちゃったんだろう……」

ティムがカウンターでチキンのロールサンドを作りながら嘆いた。

「もう何日も前に芽が出てていいのに。だって、そりゃ一つや二つ悪い種は混じってるだろうけどさ、でも全部って？　温室が夜寒すぎるのかもって、思いもしたよ。気温計ではそうじゃないけど、今日はヒーターを買ってきて動かしてみてる。よさそうな液肥も作ってみた。もうどうしたらいいんだかわからないよ。こんなこと、初めてだ」

　ティムはいつでもチャンス相手に、何でも話して聞かせた。その夜の彼は心底うろたえていた。耳につくとがった声や、怒りのこもった鈍い鼓動でわかるし、不自然に引きつった口元にも見てとれる。ティムを安心させてやりたかった。一方、しゃべれない状態がありがたくもあった——なにしろ、夜明けが必ず来るように、ランス・ビューフォートはここでも必ず失言するだろうから。

　ティムがチキンロールを二つ入れた犬用の皿を床に置くまで待ってから、ランスはティムの手をなめた。その仕種の意味が伝わって、ティムはテーブルに自分の皿を置くとしゃがみこんで犬の体をきつく抱きしめた。

「そうやってひとの機嫌を取って、お前のために買ったのに食わないドッグフードが棚に山積みになっているのを忘れさせようって魂胆だろ？　このグルメ犬め」

　ランスはふんと息をついた。ティムの膝に前足をのせる。犬の姿では、ハグのお返しはこれが精一杯。

「ああ、今のうちに食事を楽しむといい、だってもし、野菜すら育てられないとなったらもう僕はおしまいだ」ティムが溜息をついた。「秋頃にはふたりでゴミ箱あさりだよ」

　ランスの耳が〝野菜〟という言葉にピンと立った。ティムは立ち上がると、まだ気が滅入っている様子で椅子にぐったりと座りこんだ。自分の食事をつつき出す。

ティムがチャンスに嘘をつく必要はない——とは言え、野菜だけを育てているとも限らない。それでもランスは次第に、この一連の仕掛けが無意味だったのではないかと思いはじめていた。愚かな気分だ。だがその一枚下には謎の感情が渦巻いていた。犬と人間の入り乱れた思い。全般的に〝心配〟とか〝熱望〟とかの範囲に含まれるあたりの。

ティムの携帯が低くうなった。これまでの幾度か、チャンスが見ていた時のティムは液晶表示を確認して出なかった。だが今夜、すっかり上の空だったティムは何も考えずに電話に出た。

「ハロー？」と出てティムがさっと身をこわばらせた。「何の用、マーシャル？」

立ち上がって、うろうろと歩き回り出す。

「僕がここにいるって、誰に聞いた？」

チャンスはクンと鳴いた。ティムの全身から怒りと痛みと恐怖があふれ出してくる。

「それはあんたには関係ないだろ！　じゃあ勝手に警察を呼べよ。こっちはあんたの——僕の——種なんかひとつたりとも持ち出していない。もう辞めたんだ、わかってるだろ！　いつまでも思い通りにできると思うなよ！」

ティムは携帯を切り、部屋の向こうへ投げつけそうになったところで、壊れたら困ると気付いた様子だった。かわりに電源ボタンを押しこんで電源を落とすと、キッチンテーブルの上へ放った。

「あんな奴大嫌いだ！」

ティムがチャンスに向かって怒鳴った。それからとぼとぼと椅子へ戻る。座って、ロールサンドをつついた。

ランスは聞きたかった——マーシャルって誰だ？

ティムにたずねたい。ここにいるのを知られたと言ったが、身の危険があるのか？

トラブルに巻きこまれてるんだろ。どうしてだ？　どう助ければいい？

だがチャンスはただの犬だ。友達でもパートナーでもない。だから何も言えなかった。

初めて、自分がランスとしてティムの人生に存在できてたならと願う。だがランス・ビューフォートにその権利はないし——正直、そんな資格もないのだった。


その夜のチャンスは、ティムを元気づけようと全力を尽くした。夕食後、温室の種をチェックしに闇の中へ出ていくティムにくっついていった。ティムは暗い顔で少し土をつついたが、何の芽も出ていなかった。

一緒にテレビのロマンティックコメディを見た。ティムは、まだ彼らしくもなく無口で、ソファに寝そべって自分の隣をポンと叩く。チャンスがそこに陣取ると、ティムがふたりの上に毛布をかけた。

顔をそらした時、チャンスはティムの体が強く震えたのを感じた。ティムは、泣いていた。

いやだ。こんなのは駄目だ！

チャンスはカウチからポンととび下り、ティムが起き上がるまで鋭く吠えつづけた。

「どうしたんだ？」

チャンスは舌を垂らして、部屋を左右に走り回った。

「そうだね、今夜の僕じゃ一緒にいて楽しくないよね」とティムが溜息をつく。

チャンスは吠え、ぐるぐると自分の尾を追いかけて回ってみせた。しまいにティムが笑い出すまで。

「まったく、何してるんだ。わかった、わかったよ！　何してほしい？」

チャンスはドアへと駆けていくと、熱心に吠えたてながら尾を振りたくった。行こう、ティム、盛り上がろう！

「月夜のお散歩？」

チャンスは吠えた。

ティムは、疲れて動きたくないかのように息をついた。だがチャンスにしつこくうながされ、やむなくコート掛けのところへ行くとよれよれのコンバースのスニーカーを履いた。

「たしかに、新鮮な空気はいいかもね。競走しようか？」

ふたりは一時間歩き、その間チャンスは先に後にと走っては、転ばせない程度に優しくティムを横からつついた。犬の浮かれた足どりに届く時には、ティムがかすめるように頭をなでてくれた。

戻った頃には、ティムもぐっと明るくなっていた。その夜、寝室に引き上げる前にティムはチャンス用の毛布をリビングの床に広げ、その上に自分もあぐらで座った。チャンスが寝そべると、ティムはその耳をしばらくなでていた。

「そばにいてくれてありがとう。大好きだよ、チャンス。もしお前がいなかったら……」

その声が震え、ティムは言葉を途切らせた。

——ああ、これは……。

数分後、ティムがチャンスの頭にキスをして、寝室へと引き上げた。

ランスは眠れなかった。大好きだよ、チャンス。

なんてことだ。

だが元から感じていただろう？　ティムの愛は強く、まるで包みこんでくるようで——純粋で汚れがなくて、素朴。それがランスの犬を呼ぶのだ、抵抗できない力で……。それだけでなく、抵抗など間違っていると感じる力で。いくらランスが、ティムが愛しているのは犬であってランスではないのだと、違うのだと論理的に己を説き伏せても、ティムの愛情はかけがえのない贈り物に感じられた。

チャンスが姿を消したら、ティムはどう思うだろう？　心の支えをすべて失って。

それを思うとたまらなかった。この哀れな若者はもうすでにギリギリなのに。どうしてだ？　ティムの家族や友人たちはどこにいる？　マーシャルって誰だ？　それにどうしてティムの種は芽を出さない？　ティムはちゃんとした専門家に見えたのに。事ここに至っては、ティムにとにかく何か成功してほしかった。マリファナ栽培でもいいから。もう、お祝いにマリファナ煙草をこの手で巻いてやったっていいくらいだ。

まずい、感情移入しすぎている。母親に言われたことも……そう的外れではなかったか？　正しくなくもない？　認めるのも癪にさわる。

くぐもった泣き声が聞こえてきた。ランスは身構え、頭を上げて、耳を寝室のほうへ向けた。

「やだ！　やめて！」そして「パパ、やめて！」と声がする。

ランスははね起きると寝室に走りこんだ。

ティムが悪夢にうなされていた。ベッドカバーに絡まって、部屋は寒いというのに汗まみれだ。力の抜けた、なのに同時に苦しげな表情だった。

「僕のせいじゃない……！」

眠りの中でのたうつ。まるで殴られたように。苦痛の呻きをこぼした。

ランスはためらいもしなかった。ベッドにとびのり、ティムのそばに伏せ、顔を鼻でつつく。

クウン、と鳴いた。

ティムが目を覚ましたのがわかる。悪夢のよどんだ重さが、瞬時に失せていた。まだ荒い鼓動が聞こえるし、怯えが嗅ぎとれる。ティムが片腕をチャンスの体に回して引き寄せ、顔を枕にうずめると、震える息を吐き出してまた眠りに戻った。

ランスはそこにとどまった。

9　パーティ・ハウンド

今宵《こよい》を恐れながら、ランスは母の家の前に車を停めた。こんなところよりティムの家でくつろいでいたい。だが、母とはすでに面倒なことになっている。ここはひとつ、自分がティムの家に行っていないぞと見せてやって、犬の姿であそこに入りびたっているわけではないと証明せねば。

本当のところは、まだ犬の姿で入りびたっていても。

助手席からサミュエルアダムスの缶を一ケースつかんで、ランスは車を降りた。

中に入ると、群れの集会はいつもどおりのにぎわいだった。兄のロニーとロウニーは妻と子供連れ、郵便局のフレッド・ビーグルは常どおり熱のこもった調子でダイナーのデイジーと話しこんでいる。最近クイックになったばかりの面子も参加しており、ブルドッグのガスの姿もあった。ランスとダイナーで朝食を食べていた時の途方に暮れた様子はすっかり薄らいで、目を輝かせて獣医のビル・マクガーバーにぴったりくっついて立ち、その一言ずつにありがたそうに聞き入っていた。

皆とすごしているだけで幸せそうなガスが、ランスはうらやましかった。もしかしたら遺伝子のプールの中、いつしかランスは人間らしくなりすぎていたのか。

いつもならこういう集まりは好きだ。口にはしないが、ランスは群れ全体をこうしてずらりと見渡し、皆が元気にやっているか、健やかで平和にすごしているかじかにたしかめるのが好きだった。こうしてひとところにいると……どこかしらまとまりを感じる。だが今夜は、ランスの本能はティムだけに占められていて、あの家にいたかった。いつものような気分にはなれない。

ビル・マクガーバーがランスに気付き、部屋の向こう側からひとつうなずいて微笑んでから、思い出したように後ろめたそうな顔になった。

そうだ、ビル——見事にうちの母に告げ口してくれたな、あとで話し合いといこうか。

ランスは姪や甥と顔を合わせ、義理の姉たちの頬にキスをし、兄たちと軽口を叩いて、長々とまるで吊るし上げのような目にあった末、やっとビールをキッチンへ持っていった。キッチンでは母がスパイス入りのピーナツバターサイダーのでかい鍋をかき混ぜており、黒髪のなまめかしい女性と何か話していた。女性はランスと同年代で、体にぴったりした金色のセーターを着ている。上品な雰囲気で自分の魅力をうまく見せつけていた。まさにランスの母が選びそうなタイプ――ああそういうことか。

「ランス！」

やってきた母に片腕でハグされた。ビールも持っていかれる。

「ジャニーン・ドニガルを覚えてる？　マッドクリークに最近帰ってきたのよ」

やっと思い出していた。なにより、彼女のにおいを。ドニガル家はマッドクリークに二十年以上住んでいる。ジャニーンの両親は両方とも二世代目のクイックで、このマッドクリークで出会ったのだった。ランスの母が気に入りそうな血筋だ。最後にランスが聞いた話では、ジャニーンは大学卒業後にサンフランシスコで野心的な弁護士の職についていた。彼女に含むものはないし、きれいで、当然頭も切れるのだろうが、母親の出しゃばりが気に入らない。こうもあからさまだと、空にでかでかと煙で書いたのと同じレベルだ――〝ランス♡ジャニーン〟と。

「おかえり」

ランスは手をさし出し、ジャニーンがそれを握った。まず手のひらを擦り合わせるクイック流の握手。その手は力強く、笑顔は本心からのものだった。

「どうも、ランス！　覚えてるわ。ビューフォート兄弟の中で一番静かだった子ね！　今はあなたが保安官？　今お母さんからその話を聞かされていたところよ」

（どうせ母から下着のサイズまで聞かされたことだろう――ベッドのサイズや、なんならこの一年間で股間がピクついた回数まで――）

「ああ。マッドクリークのような場所はそう騒がしいこともないから、平穏が保てるようにしているよ。帰ってくる気になったのはどうしてだ？」

ジャニーンが、わけ知り顔の目を母にとばした。

「マッドクリークを長く離れてられたひとなんかいるの？　自分をずっと偽ってるってのは疲れるものよ。この何年かずっと戻りたかったんだけど、うちの事務所が先月買収されてね、そこそこの退職手当をいただくチャンスだったってわけ。だから町で小さな法律事務所を開くつもり。あなたがかき集めた犯罪者の弁護をするとかね」

彼女はニヤッとランスに笑みかけた。

ランスは鼻を鳴らした。

「きみの仕事があるよう、交通違反の取締りに全力を尽くすよ」

キッチンの入り口から、ジャニーンの母が顔を出して呼んだ。

「ジャニーン？　忙しい？　会わせたいひとがいるんだけど」

「また会えてよかったわ」と言い残してジャニーンは姿を消した。

彼女の上品さには好感が持てたし、裏表のないほがらかさもいい。ランスの記憶が合っていれば、血統はラブラドール。彼女がいてくれればこのマッドクリークにとって大いに助かる。

特に、ボランティアの依頼も引き受けてくれるなら。ここで一番助けを必要としている人々は、金がない。

「気に入ったみたいね」

母のリリーは、骨にかじりつく犬みたいな微笑みだった。オーブンからミートボールののった天板を引き出す。

「その皿、ちょっと持っててくれない？」

ランスが持った皿に、母がミートボールを移した。

「じつにさり気なかったよ、母さん。両目の中に孫が踊ってるのが見えるくらい」

くくっと、リリーが思わせぶりな、どこか不吉な感じの笑いをこぼした。

「あら、自分が世界の中心のつもり？　残念、こっちはそんな気はないわよ。私の役目はうちの群れの子たちをひとつ屋根の下に集めて、食事ともてなしを提供するだけ。カップルができるかどうかは当人たちのお話よ。だからね、ジャニーンを狙うなら自分でがんばりなさいな。いい相手だと思うけど」

うなって、ランスはミートボールの皿をテーブルに置いた。

「そうだよ、母さんはそうあるべきだ。でも母さんが物事に首をつっこむことなく成り行きにゆだねるなんて日がきたら、それは俺がセイウチに変身する日だね」

「あらあなたちょっと肥えたんじゃないの？　皮がたるんだり？」

「太ってなんかいない！」

「こんばんは」とローマン・チャーズガードが、二本のワインボトルを手にふらりとキッチンへ入ってきた。顔が赤らみ、いたたまれなさそうな匂いをさせている。「赤と白、どっちを持ってきたらいいかわからなくて、それで……」

母がニコニコしながらそのボトルを受け取った。

「来てくれてよかったわ、ローマン！」

「……脅迫して来させたようなものでしょう」

「あら、あら！　どっちにしても手紙は返してあげたわよ。ダイニングのかごに入ってるの。でもそれをつかんで逃げたりしないこと！　ここにいる間に何か食べなさい。食べ物はいくらでもあるから」

「どうも、ランス」とローマンがランスへ挨拶する。

「やあ、ローマン」

この家で、ローマンは落ち着かない様子だった。ひとが多いせいか。だが彼が珍しく顔を見せたのは、ランスにはありがたい。認めざるを得ないが、母が群れに及ぼす影響力は素晴らしかった。それがリリーだ。最高と最悪が、小さなボーダーコリーの中にぎゅっと凝縮されている。

ランスはローマンの肩をつかみ、気を鎮めろと願いながらポンと肩を叩くと、一緒にリビングへ向かった。

「ありがとう。きみの見た黒い車についての報告書を読んだ。ロサンゼルスで正規に登録された車で、盗難車ではない。だが俺は――」

ランスの言葉と思考が吹きとび、蒸発して、根こそぎ消えた。

部屋の向こうにジャニーンがいる。そのジャニーンが話しかけているのは、ティム・ウェストンだった。

ティム――。

ウェストン。

家以外の場所でその姿を見るのが奇妙で、心が騒いだ。ティムがただ〝チャンス〟の相手であるあの場所を離れて。

ここでのティムはパーティに参加しているひとりの若者で、美しい女性と会話している彼は、ランスにとってなじみ深く、同時に新鮮でもあった。彼は、じつにいい眺めだった。ダークグリーンのボタンダウンのシャツが淡い褐色の髪に混じる金のきらめきを引き立てている。シャツがたくしこまれた細いジーンズは長い足と締まった腰つきを見せつけていた。背が高く、物静かに見えた。そして、ジャニーンの目つきから言って、とても魅力的に。

（そりゃ魅力的にきまっている……お前にとっても魅力的なんだから）

「ランス。何か問題が？」

ランスの体のこわばりを感じとったローマンがうなって、たちまち警戒体制に入った。

ランスはあわてて彼をなだめる。

「違う！　いや、そういうことじゃないんだ。全然。ただ俺は……少し、失礼する。母に話があって」

ランスは、母のリリーを裏口から引っぱり出した。ここなら誰かに聞かれる心配も少ない。

いつものごとく、リリーは彼を一蹴した。

「あら、リラックスして！　ヒステリー起こさないの。買い物の時にティムと会ってね、いい子だしひとりぼっちだって言うじゃないの。だからパーティに誘ったのよ。どうせ町の半分がここにいるんだし。大したことじゃないわよ」

「これは群れのパーティだろう！」

どうでもよさげに、リリーが手を払った。

「群れの中にも人間はいるじゃない」

たしかにいるが、その数少ない人間はクイックの伴侶であるか、もしくは老いたベントン医師のように、必要に迫られて群れの存在を知ったが秘密は守ると信頼されている者だけだ。

「それにね、みんなに今夜は事情を知らない人間が来るって言ってあるもの。誰も月に吠えたりしないわよ。ま、少なくとも、声を出してはね」

　母の並べ立てたことはどれもそれなりに理屈が通っていたが、全体の筋書きがおかしい。あきらかに、リリーはなにやらランスの周りで画策しているが、一体どこまでやる気か、どこまで手を回しているのかがわからない。何をたくらんでいる？

「しかし……しかし、もしティムがあの――例のアレを育ててたらどうするんだ！　まだ俺は捜査中なんだぞ！」

　母は鼻でせせら笑った。

「どんなボンクラだって、あの子が麻薬王じゃないことくらい一目でわかるわよ。それにね、大麻をちょっと育ててたって、大騒ぎすることじゃないわ。私も昔はマリファナ煙草をちょいとやったもんよ。セックスの前にいい感じにゆるむのよ」

「母さん！」

　リリーがうんざりと上を仰いだ。

「ほんと、思春期のころに棒を〝とってこい〟遊びをさせたのは失敗だったわね、うっかり一本呑み込んじゃったからそんなにおカタい性格になっちゃったんでしょ。さて、そろそろチーズソースを混ぜに戻らないと焦がしちゃうわ。社交的にね、ランス。きっと楽しいわよ？」

　母について家の中へ戻ったランスはハッと息を荒げて不満を表明しながら母をキッチンで追い抜き、ずかずかとリビングへ踏みこんだ。その足はまっすぐ、会話しているティムとジャニーン・ドニガルへと向かっていた。

(厚かましい女め――)

「あ、ど、どうも、保安官……」

ティムは、制服なしでもランスに気付いた。いい兆《きざ》しだ。だが同時に、ランスに会ってびくつき、顔色が悪かった。

ランスの胃が重くなる。それはそうだ――ランス自身のティムへの気持ちは大きく変化した。だがティムのほうではまだ〝やたらと言いがかりをつけてくるおかしな保安官〟という第一印象から（いや第三印象か。せめて果物かごは渡せたし）一ミリも変化していないのだ。

この場は――このパーティは――いいきっかけになると、ランスは気付いた。ランス本人としてティムと話し、うまくいけばいい印象を作れる。その瞬間、世界でそれより大事なことなどないと心が決まっていた。

ライバルのジャニーンのそばにぐっと踏みこむと、彼女を押しのけた。

「んんん。そうね」ジャニーンの声は当惑気味だった。「ちょっと失礼、私は、その、手伝うことがあるかどうかリリーの様子を見てこようかな」

ランスはジャニーンを無視してティムの顔を凝視しながら、いからせた肩で手出しするなと警告した。ティムが小さく目を伏せたものだから、視線がランスの胸元のあたりを泳いだ。顔が少し赤い。どちらもジャニーンに返事をしなかった。

「そう、じゃあね！」

ジャニーンの姿がランスの視界から消えた。空気がふっと軽くなる。ランスの鼓動が激しく鳴っていた。

何か言え、気の利いたことを、何か。

「その……どうやら、俺の母に会ったみたいだな。リリーに？　リリー・ビューフォートに？」

小さな笑みがティムの唇にともり、彼は視線を上げた。

「うん。あのひとは、なんかさすがだね」

「まったくだ。何か飲むものを持ってこようか？」

「飲むものならあるけど」とティムが手にしたコーラを見下ろした。

「ほかに何か？　ビールとか？　サミュエルアダムスを持ってきたんだ。ビールならドスエキスも冷蔵庫に入っていた。ワインもある。赤も白も。銘柄はよく知らないが……いいワインなのかどうかも。コルク栓だったと思う。人によってはそこにこだわるし……」

ティムは、おずおずと笑みを返した。

「ありがとう、でも多分飲まないほうがいいと思う。帰りは車だし。飲酒運転で保安官につかまるとまずいしね」

クスッと、引きつった笑いをこぼした。

「俺が車で送っていこう」とランスはきっぱり言った。

「ええと……そしたら僕の車はここに置きっ放しに……」

「明日俺がきみを迎えに行って、車を回収できるようここまで送ろう」

ティムはただ、目をぱちくりしていた。

やりすぎだ、もういい、落ちつけ――だが難しかった。ランスの犬はティムに会えてすっかり浮かれはしゃいでいる。まるで何年も会ってなかったかのように！　身の内で犬がとび回って、ランスはどうかしそうだった。おまけに、ティムとジャニーンが話しているところを見たせいで、生来の独占欲が沸き立ち、今すぐティムにとびかかって家につれ帰りたいくらいだ。

それか……それか、何か――。

ティムに、好きになってほしかった。ランスを。せめて敬遠しないでほしかった。まずはそこから。

ランスはごくりと唾を呑んだ。

「それか……そのコーラを飲むか。どれでも好きなように。きみの自由だ」

「自由？　それはどうも」とティムが眉を上げた。

ランスは溜息をついた。

「で。マッドクリークの町にはそろそろ落ちついたかな？」

肩をすくめたが、ティムの唇の端は下がっていた。

「がんばって働いてるけど、正直なところ、大した成果が出てなくて」

　全身からあふれる落胆の波が、ランスにも感じとれる。どうやら人間の姿をしている時でも、ランスの犬はティムの気持ちと同調しているらしい。

「それは、残念だ」

「まあ、だから」ティムは苦笑いで顎を上げた。「パーティで浮かれ騒ぐのも気分転換にいいかなって」

「さっき言ったのは本気だ。もし今夜飲みたくなったら、喜んで家まで送るし、明日も車を取りに来れるようにする。どうせ町中をいつもパトロールして回っているから、そのくらい何の余分でもない」

　ジャニーンがいなくなった今、ランスの声はやわらいで、高圧的な調子もない。その変化につられてティムの警戒心も薄らいでいくようだった。

「本当に？」とティムが下唇を嚙み、迷うようにランスを見つめる。

　ランスは「犬の誇りにかけて」と胸元で十字を切ってみせた。

　当惑して眉をひそめはしたが、ティムは笑いをこぼした。

「そう。じゃあ。一杯飲むのも悪くないかな」

「何を取ってこようか？　ビール、ワイン？　カクテルが好みならラム＆コークを作れるが」

「サミュエルアダムスで」

ランスの顔に笑みが浮かんでいた。自分が持って来たビールをティムが選んでくれたことがやたらとうれしかった。何の意味もなく。

「今持ってくる」

ビール二本目の頃には、ティムの気分はかなり上向いていた。ここに思いきって来てみてよかった。人付き合いが得意とは言えないし、この町の住民をほぼ誰も知らないのだが、リリーにすっかり説き伏せられた。それにあそこから少し離れないと――心くじける、理解不能の不毛の温室から。

この町のとびきりいい男にこうやって話しかけられていると、シンデレラのように、一晩だけみじめな暮らしから解き放たれても許される気がした。パーティでつまはじきの壁の花気分も味わわずにすんでよかった。そしてそれ以上に、どこか……いい気分だった。ランスのそばにいることが。おかしな話だ。どうやらティムの情動が理性を置き去りにしているらしい。二人きりならきっと怖いが、周囲に大勢いるパーティだからか、ティムは怯えることなくこの高圧的な男の魅力を楽しんでいた。

ランス・ビューフォート保安官は、決して最高のおしゃべり相手とは言えなかった。しかしそれならティムもお似合いだ。彼らはぎこちない世間話を交わした。このあたりのハイキングルートの話をした。ランスは、自分が生まれてこのかたマッドクリークに住んでいると話し、大勢の血縁者を指し示した。大家族で、全員が納得いかないほど顔がよく、そして印象が強烈だった。全員が青い目で黒髪だ。

ティムは、自分が一人っ子だとは話したが、理想の家庭とは言いづらい子供時代にはふれなかった。ランスの大家族ぶりがうらやましいが、遠くから見ているだけで圧倒される。ランスが、ほかの兄弟ほど見るからに元気溌剌《はつらつ》としたタイプでなくてほっとする。

ティムに三本目のビールを持って来たあとも、ランスはそばを去らず、いっそう近くにいた。話題が尽きたふたりはただ並んで立っていた。ランス相手だとその沈黙が気持ちいい。ちらちら盗み見もできる。ランスはいかにも男らしい男で、きれいにひげを剃っているが、顎に影がにじんでいる。皮膚を透かして見えるほどひげが密で濃いかのように。黒髪はうなじのところできっかり切られて、首筋は陽に焼け、魅力的だ。片耳の先に生まれつきの小さなあざがあった。

見れば見るほど、ぐっとくる。ランスからにじみ出す色気に。時おり、ランスのほうを見ると、ランスの青い目もティムを見ていることがあった。言葉よりはるかによく語る目で。

なんだか、部屋が少し暑い気がする。そもそもティムの腹の中で蝶のようにはためくざわつきは、ランスが近づいてきた時から始まって、ずっとおさまっていない。ランス・ビューフォートがとても――とても魅力的で、ティムの好みのツボをすべて押してくる男なのはまちがいないが、外見を楽しむ以上の気持ちがいつしか生まれていた。きっとランスに見つめられているせいだ。男に対してこんなふうにそそられるのは本当に久しぶりだった。頭と心と体にざわつくこの期待感は。ランスと二人きりというのは、もしかしたらそう悪くはないのかもしれない。……もしかしたら。

三本のビール、そして一皿の料理の後でも、ランスはまだティムのそばにいた。もうティムも限界だ。ランス・ビューフォートとこの美しい瞳についてあれこれ想像してしまっているし、これが勘違いならこの先はとんでもない崖っぷちだ。

だから、ティムはつい口走っていた。

「で……誰かとつき合ってるの？」

ランスは唇をなめ、答えを迷ったように見えた。

「いや。そういうことはない」

「そうなんだ。ゲイなの？」

内心でティムは頭をかかえていた。じつにさり気ないな！

「前は違った」

どういう意味？

待ったが、ランスはそれ以上何も言わない。

「前は違ったって、今はゲイってこと？」

「性別は大した問題じゃないだろう」とランスが肩をすくめる。

「そう？　つまり、バイセクシュアルってこと？」

じっと、ティムの目をランスが見つめた。

「ああ。そういうことになるだろうな」

「ふうん……そうなんだ」

昂揚感がぶるっとティムの体を抜けた。では勘違いじゃないのだ。ランスは単に礼儀としてティムの相手をしてくれているわけではないのだ。だが、ランスの気持ちは本当にティムと同じなのだろうか？　そうだとして、どうしてだ？　発展の可能性は？　一夜の関係くらいには行きつけそうだし、隣にぬっと立つこの引き締まった体と強いまなざしの男とのセックスの可能性にティムの肉体はすっかり乗り気だが――この黒髪を指でかき回したくてたまらない――現実を思うとティムの心はひるむ。ランスが怖いわけではない。ほかの男とは違って。ただ……。

ランスのことを、ろくに知らないのだ。それに冷たい男でなかったとしても、本当に一夜限りで終わったら？　今、これ以上の拒絶に耐える気力はない。

それでも、ティムはランスから距離を取らずにいた。四本目のビールを飲み出す頃には、うじうじ悩むのもやめていた。気付けば、そろそろほとんどの客が引き上げている。彼とランスは寝室の前の廊下に立って、向かい合わせの壁にもたれ、互いを見つめ、ただ黙っていた。

「まだいたの?」ふたりの前を抜けながら、リリーが驚いたような、喜んだような声を出した。

「ごめんね、トイレ行かせて」

「あ……えっ。もう遅いですよね」

ティムはまばたきした。どれだけここに立ってランスを見つめていたんだか。ビール四本は飲みすぎだった。本当に。

「車で送っていこう」とランスがティムの肘を取り、優しくドアのほうへつれていく。

「おやすみなさい、リリー! ありがとう!」

家から出ながら、ティムは大声で挨拶していた。


ティムを乗せて家まで運転しながら、ランスは幸福だった。パーティで、ティムはランスとふたりですごすのを嫌がらなかった。それどころか、ティムからふっと立ちのぼってくる思わせぶりな興味の香りは、夜とともに深まり、欲情と好奇心がにじんでいた。瞳のヘイゼルもうるんだ茶色に深まっていく。大地のような体臭がほんのり温まって、麝香《じゃこう》のような、うっとりする香りに変わっていた。ランスはじりじりとティムとの距離をつめたが、ティムは下がろうとしなかった。ティムはランスが好きなのだ――彼に好意を持っているのだ、ひとりの男としてのランスに!

……少なからず酔っ払ってはいたが。

車がティムの家の前へついた。ギアをパーキングへ入れて、エンジンはかけたままにする。

ここから、次は？　うまくやらないと。

「送ってくれてありがとう」

ティムがヘッドレストにのせた頭をごろりと傾けてランスを見た。手はドアハンドルにかかっているが、すぐ下りそうな様子でもない。リラックスしているようだ。アルコールと……期待で。

この夜、ランスの体にうずいていた原始的な昂揚感が、ずしりと、腹に熱く花開いた。いきなり、切ないほどにすべてがはっきりする。ああ。そうなのだ。彼はティムのことを、そういうふうに好きなのだ。ティムとすごすのが大好きだ。そして今、人間の姿のランスを、ティムが包み隠しのない表情で求めるように見つめている。その優しいまなざしが、ランスの肉体に、股間を蹴り上げられたくらいの強烈さで情欲となって叩きこまれた。

ごくりと、ランスは唾を呑む。ここで……キスしていいのか？　それとも……。

どうしたらいいのか、長く迷いすぎた。ティムがさっと、恥ずかしくなったように顔を赤らめ、車のドアを開けた。

「うん。お休み」ともごもご言う。キャビンの方へ向かいながら、小さく手を振った。

追いかけようか、とも思った。無事家に入ったか見届けに。やっぱり、キスしに。だがそうしていいのか？　自分に強引すぎるところがあるのはよく自覚している。ティムに怖がられたり引かれるのは嫌だ——今夜がこんなにうまくいったのに。だからランスはただそこに座って、ティムが家の中に入り、ドアを閉め、電気をつけるまで見守っていた。

ギアをリバースに入れて、車を出す。引込み道の端で少し停まっていてから、右に折れてブロード・イーグル通りを上った先にある見晴らしポイントまで車を走らせた。

ためらい、駄目だろうと己に言い聞かせる。だが我慢できない。ランスは服を脱ぎ、変身した。そう経たないうちに彼はティムの家の裏口で、木のドアをひっかきながらワンワンと吠えていた。

「チャンス！」

ぱっと、ティムがドアを開く。もうパジャマ姿だった。

「どこにいたんだよー。何度か来たけど僕が留守だったとか？　ごめんごめん。温室のドアを開けてご飯の皿を置いといたんだけど、気がつかなかったんだね」

チャンスはティムのパジャマの足をすり抜けながら、体を擦り付けた。

「今夜はパーティに行ってたんだよ。信じられる？　この町は本当に優しいところだね。でさ、誰がずっとそばにいてくれた上、家まで送ってくれたと思う？　保安官だよ！」

まるで相づちを求めるように、ティムは目を見開いてチャンスを見た。チャンスはワンと、熱狂的な快哉の叫びを上げる。

「だろ？　びっくりだよね、ほんと！　ああもう、すごくいい男でさ」

その幸せそうな、いささか酔っ払った表情が、ふっと沈んだ。途方に暮れた心配顔にとってかわられる。宙を見つめた。チャンスはティムへ吠え立てた。

「おいで。くっつこう」

リビングへ入るティムを、チャンスが追った。すぐに一緒に毛布にもぐりこみ、ソファにくつろいだティムの脇でチャンスが丸くなる。ティムはテレビもつけず、頭の中で反芻《はんすう》しているシーンだけで充分という様子だった。上の空でチャンスをなでている。

「保安官、何もしようとしなかったけど……でも自分はバイセクシュアルだって言ってた。デートに誘ってくれるかな？　そうなったらいいけど、でも……」

溜息をついて、ティムはもそもそとチャンスに体をくっつけた。

でも？　そこで止まるな──その先は？　チャンスはティムを凝視し、ハッハッと息をつきながら黙ってティムの話の先をうながした。

「……誰かにまた傷つけられるくらいなら、永遠にひとりぼっちのほうがマシだ」

猛々しく、ティムがそう言い切った。それからぐるっと目を回してみせる。

「あーあ、情けないよね、僕。お前は何かを怖がったりはしないんだろ、チャンス？」

チャンスの耳を両手でこすって、ティムは大げさに唇をつき出した。

ティムが言う「傷つけられる」は、普通の傷心のことではないのだ、とわかった。物理的に傷つけられる話をしているのだ。チャンスの喉から低いうなりが上がった。誰かがティムに手を上げたなんて思うだけで気が狂いそうだった。ティムは誰かにそんなことをされたのか、父親以外に？　いつの日かティムを傷つけた卑怯者を全員探し出して、二度と座れないようにケツを噛みちぎってやる。

　ティムが笑い声を立てた。

「今は誰にも何もされてないよ、チャンス。落ちつけって」

　チャンスはさらに大きくうなる。気が荒れていた。

　その胸にティムが顔をうずめる。

「本当だね」とくぐもった声がした。「怖がってばかりで一生すごすわけにはいかないよね」

　顔を上げると、ティムは笑顔だった。「お前ってさ、そのために僕の人生に現われてくれたのかな？　チャンスをつかめって教えるために？　お前というチャンスをつかんでみたらこんな最高なことになったしね」

　ティムの顔を、チャンスが舐めた。

「あのホットな保安官にとびかかってみようかな、ねえ？　それかせめて、ヴィクトリア朝の乙女みたいに目の前に身を投げ出してみるとか。また保安官が来てくれればの話だけど」

　ワン、とチャンスが賛成の声を上げる。絶対にまた来るとも。

夜が明けかかっていた。ランスの意識が、とても心地いい夢の最後のひとかけらを手放す。体をのばし、目をとじたまま微笑んだ。ティムの夢を見ていた……森の中、四つ足で彼を追って走り、無我夢中で遊んで。いつしかランスは四つ足ではなく、二本足で立っていた。ティムをとらえ、抱き込んで、いきり立つ勃起をその体にきつく押し当てる。全身を火のように熱くして、彼は——うむうむ——ティムを抱きしめ、体を擦り付けて——。

満足げに、ランスはベッドにいる温かな体にもぞもぞと寄って、自分の屹立をゆったりとティムの裸の脚に擦り付ける。ティムはいつもパンツとTシャツ姿で眠る。その肌はぬくぬくとして、天国みたいないいにおいで、そして——。

ぱっとランスの目が開いた。恐怖とパニックの激流がほとばしった。

彼はティム・ウェストンのベッドの中にいた。人間の姿で。しかも裸で。ティムの足に勃起を押しつけて。

ベッドからとび出しそうになるのを、すんでのところでこらえた。騒げばティムを起こしてしまう。今はまだティムはぐっすり眠って、壁に顔を向け、頭上へ置いた片腕をゆるやかに曲げていた。

なんてことだ。ティムが眠りについた時、そばで丸まっていたのは犬の姿のチャンスだったのに。もし今の姿を見られたらどう思われる？　保安官が家に侵入して、裸で欲情した状態で一方的にベッドへ入って来たと思うに違いない。レイプする気だったと。

そんなふうにティムに思われたり怖がらせるなど、思うだけで喉に吐き気がこみ上げ、一瞬にして情欲など萎えていた。

ごく静かに、じりじりと、ランスはティムから下がった。やっと体が離れると、ベッドからすべり出す。寝室のドアの外に出るまで、息ひとつしなかった。

ふうっと、揺れる安堵の息をついて、ランスは家から出ると、犬に変身して見晴らしポイントに置いた自分の車まで一気に駆け抜けた。

着替えて安全な車内へこもり、運転席に座って自分を落ちつかせようとした。信じられない。眠っている間に人間の姿に戻るなんて。とりかえしのつかないことになるところだったなんて。

パニックが薄らいでいくと、胸がずっしり切なくなった。これで目が覚めた――顔をピシャリとやられたようなものだ。自分のしていることは、不正直だとか、そういう問題を越えたことなのだと。これは間違っているのだ。

もうどうしようもない。温室の種のことがあろうがなかろうが、〝チャンス〟はこのまま消えるしかなかった。

10　子犬に誘われて

　一体、この頭上を覆う黒いもやのような呪いをどこでかけられたのだろう、とティムは思った。妖精《レプラコーン》とかジプシーの女性とかを怒らせた覚えはない。というか会ったこともないのに。そりゃマーシャルと衝突はしたが、あの男は魔術師というより詐欺師に近い。ティムが生まれながらに持っていた〝緑のゆび〟の能力を吸いとる力なんかないはずだ。

　あるいは、犬がティムを見捨てるよう仕向ける力も。それか、あのホットな保安官からの電話を妨害するような呪いの力も。

　二日前、あまりの絶望から、ティムは細かく使い道を決めていた持ち金を切り崩し、フレズノへ車で行くとさらに野菜の種を買いこんだ。もはや洒落た種類でもなんでもなく、ホームセンターでいくらでも買えるようなものばかりだ。だがほかにどうしていいのかわからなかった。二百ドルを費やして、新たな種トレイに植え付けを終わらせた。後は、この芽生えを待つしかない。

　この種まで芽が出なかったら、本当に気がおかしくなるかもしれない。いや、もうおかしくなっているのかも。明日で、チャンスが姿を見せなくなってから一週間になる。犬の不在は決定的な、致命的な一撃に思えた。ただでさえ前向きになんかなれない時なのだ、親友にそばにいてほしかった。それに、チャンスに何かあったんじゃないかと心配でたまらない。怪我をしてどこかで動けないのか？　周辺の獣医にかたっぱしから電話して回ったが、どこも黒いコリーの心あたりはなかった。一緒に幾度もたどった近くの山道を歩き、チャンスの名を呼びもした。犬の気配すらなかった。誰かがチャンスを捕まえて檻にとじこめたのか？　名前と住所を記した首輪をつけておくべきだったのに。せめてもしチャンスが昼間は別の家にいるなら、その家族からどういうことかと連絡が来ていたかもしれない。だがティムはそれを怠った。またひとつ、彼の大失態。

ティムは苗さしのとがった先で、最初に植えた種まきトレイをつついた。種そのものすら見つからない。これで三列目になるというのに。

一体、これはどういう……。

温室のドアがノックされた。作業に没頭していたティムははっと背を起こして小さな――だがやはり恥ずかしい――悲鳴を上げた。

ランス・ビューフォート保安官が制服姿で温室の入り口に立っていた。ティムの心臓が活気づこうと騒ぎ出す。それでも気持ちのテンションがあまりに低すぎた。

「どうも」ティムは種まきトレイに向き直って、溜息をついた。「この辺にエルフかなんか住んでない？　すごく根性曲がりでめちゃめちゃ意地悪なエルフ？」

「そういう話は聞いてないな」

ランスが歩み寄ってきてティムのすぐそばに——近すぎるくらいの、いつもの距離で——立った。土をつつくティムを眺める。

「まだ成果なし？」

ティムは苗さしを放り出した。

「わけがわかんないよ！　種がどこにも見つからないんだ。全部食い尽くされちゃったみたいに。種まきトレイがネズミだのリスだのに駄目にされたなんて聞いたこともないけど。ネズミだったとしたって、土が掘り返されてるはずだよね？　そんな痕もなかったし！」

ティムはやり切れない気分でランスを見た。ランスは案じた表情で考えこんでいた。

「ふうむ、きみは——きみは誰かに恨まれるような心あたりはないかな？」

「え、誰に？」

「わからない。知り合いの誰か？　ここに君が住んでいることを知る相手？」

何かを聞き出そうとしている口ぶりだったが、ティムにはさっぱりだ。彼がここにいるのを知っているのはリンダとマーシャルだけだ。リンダには嫌がらせの動機なんかないし、マーシャルのほうはティムの失敗を願うだろうが、しかし実際にこんな行動に出るタイプじゃない。利口でもないし働き者でもないのだ。

「サンタバーバラの知り合いがわざわざここまで車を走らせてきて種を全部ほじくり出すなんて、とても考えられないよ。こんなの普通じゃない。脅迫性障害のリスとかネズミとかがいるのかな？　もう全然わけがわからないよ」

「ふむ」とランスが咳払いをした。

ティムはちょっと赤くなる。

「ごめん、自分のことで頭がいっぱいになっちゃって。保安官、顔を見せてくれてうれしいよ。逮捕しにきたのなら別だけど」

そう言って、神経質な笑い声を立てた。

「そうじゃない」ランスがまた一歩寄ったものだから、彼の制服の上着とティムのデニムシャツが実際にふれ合った。「それにランスと呼んでくれ、言っただろ？　ここには、きみがどうしてるか様子を見に来たんだ」

口元に心配そうな線が刻まれて、本気で案じているように見えた。

「僕？　ひどいよ。チャンス、僕の犬がね、どこか行っちゃったんだ。先週の土曜の夜に消えたきり。もう戻ってこないかも」

ごくりと、形のない塊を呑み下した。心の痛みは言い表せないくらいだったが、まあランスはどのみち聞きたくもないだろう。きっと誰にもわかってもらえない。チャンスはただの犬ではなかった、特別だったのだ。どんな人間よりも深くティムのことを理解してくれていた。

「聞いたよ。犬を失うのは本当につらいことだ」ランスが同情のこもった声で言った。「その、うちの母が、昨日きみと雑貨屋で会ったと言っててね、とても取り乱していたと」

「そうなんだよ。チャンスがいなくなったと聞いて、彼女もすごく動転して。なんか怒ってるみたいだった。ちょっと変わってるよね、お母さん」

「ああ」溜息をつくランスの青い目が強くティムを見つめていた。「チャンスのこと、本当に残念だ」

「うん？　別に保安官のせいってわけじゃないし」

「それはまあ……持って来たものがあるんだ」

ランスが温室から出ていった。なんだろう、とティムは首をひねる。食べ物か？　リリーが〝破滅的絶望なんかイチコロ〟キャセロールを作ってくれたのかもしれない――とんでもない量の脂肪と塩分こってりの一皿。ぐう、と腹が期待に鳴った。食生活がマカロニ&チーズとツナ缶に偏りすぎている。

かわりに、ランスは子犬を抱いて戻ってきた。

かなり大きな、だが見るからに幼い子犬だった。毛皮の色は白と黒と茶色、長毛種で、見ただけで倒れそうなくらい可愛い。

「うわあ！」ティムは口をふさいだ。「それ……？」

「雑種だが、主にバーニーズ・マウンテン・ドッグの血統だ。きみにぴったりの犬種だ。仕事中は庭でひとりで遊んでいられるし、山歩きにつき合う活発さもある。さわられるのも大好きだから、いくらでも可愛がっていい」

ランスが、子犬をさし出した。心中に渦巻く葛藤——驚き、喜び、疑心——と裏腹に、ティムはつい子犬を受け取っていた。子犬はたちまち一心にティムの顔を舐めはじめる。

「でも……もらえないよ、こんなすごい……それに僕はまだ……つまり、まだあきらめられないから。チャンスがいなくなって一週間も経ってないし、だって——だって、チャンスはうちの犬なんだよ」

「チャンスは、きみにひとりぼっちでいてほしいとは思っていない」ランスがきっぱりと言い切った。「それにもしチャンスが戻ってきたなら、二匹で一緒に遊べる。もし二匹が手に余るなら子犬は俺が引き取る。何も困ることはない」

心が傾きそうになる。ランスと子犬、その両方にこんな期待のまなざしで見上げられては。

「いやでもほんと、僕、次の九月にここにいられるかどうかもわからないんだよ。もし畑が軌道にのらなかったら、ここから蹴り出されてしまうから。ホームレスになるかもしれないのに犬は飼えないよ。この子をそんな目に遭わせられない。こんなに小さくて可愛いんだから、今のうちにずっと暮らせる家を見つけてあげたほうが」

ランスがさらに一歩寄る。悲しげで、ひどく真剣な顔をしていた。

「ティム、そんなことにはならない。ホームレスには決してさせない。マッドクリークでは、皆が助け合うんだ」

ティムは唇を嚙んだ。

「でも、じゃあ、僕がフレズノとかサクラメントとかどこかで働くことになったら？　犬を飼えるアパートを見つけられないかもしれないし、一日中仕事に出てるかも――」

腕の中で子犬が心配そうに身をくねらせ、ランスが頭をなでて「しいっ」と優しくなだめた。

「子犬を不安にさせてるぞ。そう気を揉むな。もし飼えなくなれば、犬はちゃんとした家に引き取ってもらえるようにする。いつでもうちで預かるし。本当に。きみのためなんだ。そばに誰かいたほうがいい」

とても優しい。やっとティムにも、このランスが――ホットな保安官が、彼に子犬をプレゼントしてくれたのだ、という事実が染み込んでくる。風変わりだが、こんなに優しいことをしてもらったのは人生初めてかもしれない。

子犬をきつく抱きしめた。チャンスとは違う――だが子犬の毛は柔らかくて、ピンク色の舌がティムの顔をひたすら舐めていた。ありがとう、と言いたいのに、喉が詰まって、口を開けばあらゆる感情があふれ出してしまいそうだった。チャンスのことは熱狂的に愛しているし誰もチャンスのかわりになりはしないが、それでも、このチビが入る隙間は心にあるかもしれない。それどころか全部の犬でも。犬、どんどん来るがいい。ティムに野菜を育てる能がないとしても、子犬ならいけるかも。

じっと様子をうかがっていたランスには、ティムが屈した瞬間がわかったようだった。微笑する。

「この子犬はとても気立てがいい。特別に、きみのために選んできたんだ」

「へえ？　犬語がしゃべれるの？」

ずっといつもの調子に戻って、ティムはそう笑った。

「ああ」とランスが真剣に答える。

ティムは小さく吹き出した「だろうね」と子犬を上にかかげる。「おっ、ちっこいのに重いね。でっかく育つかな、お前？」

ランスが子犬の前足を手に取ってなでた。

「大きくなるだろうが、チャンスほどの大きさまでにはならないな」

「チャンスの大きさなんか知ってたっけ？」

ランスの顔が赤らんだ。

「それは――前にどんな犬か、教えてくれただろう。な？」

そうだっけ？　パーティでチャンスの話をしたのはぼんやり覚えている。ビール四本飲んでいたし、もしかしたら犬を真似て四つ足で走り回るくらいはやってみせたかもしれない。何だってありえる。

「あ、そうだった？　ならさ、もしチャンスを見かけたら――パトロール中とかに、とか？　そしたら連絡してもらえる？　ほら、これ写真」

ティムは携帯を取り出してチャンスの写真を見せた。チャンスが庭でポーズを取って座り、問いかけるように小首を傾げていた。写真を見るとティムの心がうずく。

　ランスは、顎をぐっと固めて写真を見つめていた。

「とても見事で素晴らしい犬だな。見かけたら知らせる」

　携帯をしまったティムは、ランスが子犬を半分支えるくらいそばにいるのに気付いた。二人して子犬を抱いてなでている。二人同時に。一緒になって。まるで家族か何かな気がするくらい。

　カッと体が熱くなる——まあこれは納得いく、なにせこれだけのいい男なのだし。だが同時にティムの中に強烈にこみあげてきたのは、家族を求める渇望だった。自分でも茫然とするほどの。

（僕のために、子犬をつれてきてくれた……）

　親切な男だ。だろう。優しくて。だがランスがそういう男だというのはとうに感じていた。奇妙に一途なところはあっても。あるいは、それゆえに。

　子犬から目を離し、ティムはランスの青い目と視線を合わせた。ランスも彼を見つめていた。ぞくりと痺れが、爪先まで抜けていった。

「あ……」と小さく呟く。

　ランスが顔を寄せて、キスをした。

もっとうまくできただろう。ティムとのファーストキスが十三キロの子犬ごしというのは、多分、あまり理想的とは言えない。だがティムから、こうも無防備に、すがるような目で見つめられては、とてもこらえきれなかった。

それにティムにも文句はない様子だ。すぐさま口を開き、キスを深めて、舌を温かく色っぽく遊ばせている。ランスは自制心を振り絞って身を引こうとしたのだが、ティムの長い指が首の後ろへすべりこんで引き止めた。

ティムはまるで飢え死に寸前のようにキスをむさぼっていた。男として、恋人として、受け入れられた喜びにランスの心が踊る。頭の中はただひとつの言葉でいっぱいだ——俺のだ、俺のものだ。

そのキスが、残っていたわずかな迷いもためらいも吹き飛ばし、胸を満たされたランスはついに確信した。ティムと自分は完全な絆で結ばれている——恋に落ちたのだ。

ランスはただひとりに忠誠を尽くす犬だ。そのただひとりが、ティムなのだ。もはやティムが何をたくらんでいようが、どうでもいい。どうなろうとティムを最後まで守り抜く。それしかない。

子犬がもぞもぞし、キャンと窮屈さを訴えた。それでやっとティムの手が離れ、ふたりは距離をとった。

SHERIFF

「うわあ」

呟くティムの目にある輝きを、ランスは永遠に見ていたいと願う。

ランスもごくりと唾を呑んだ。「まさにな」

ティムが揺れる息を吸った。瞳孔が黒ずんで大きくなり、首筋が紅潮している。放たれる思わせぶりなフェロモンのにおいや速まる鼓動の音から、ティムの強い欲情がわかった。それがランス自身の欲情を巻きこみ、激しく逆巻いてすべての本能をかき立てる。ティムを寝室へ追い込んでしまいたい。今まさに。その思いがはっきり顔に出たのか、ティムが目を見開くと、ふたりの間にもこもこした毛玉を持ち上げた。

「子犬が！」とこわばった笑い声をこぼす。

ティムが自分とランスのどっちに思い出させようとしたのかはわからないが、ランスは激発寸前の自分を引き戻した。ティムを怖がらせたくはない。下がった。

「そうだな。この犬は、うむ、慣れない場所に来て落ちつかないだろう。ひとりにしないほうがいい」

「お子様向けじゃないものも見せないようにね」

ティムが子犬の頭に頬ずりした。不安をまぎらわせるような仕種で、もしかしたら肉体の渇望とは裏腹に、ティムの心にはまだためらいがあるのかもしれなかった。あらためて、ランスは自分に言い聞かせる——ティムは彼のことをよく知らないのだ。あまり深くは。ランスがティムを知るようには。

「お母さんがこの子を見たら大騒ぎだね」とティムが言った。

「ん？　とりあえず、予防接種を全部済ませるまで人前にはつれ出さないほうがいいだろう。ビル・マクガーバーのところにこのチビの医療記録があるが、来週に最後の注射があるだけだ」

「そうだね」ティムが同意した。「ただ、どうせお母さんは今日のうちに寄っていくと思うよ。今日でなくとも、明日には」

純粋な氷の戦慄がランスの背すじを抜け、すべての情欲を凍りつかせた。

「なんだと？」

「ああ、いつもふらっと食事を持ってきてくれるんだよ。本当に親切だよね。おかげでうちの食費は大助かり」

最悪だ。気付くべきだったのだ。ちょくちょくティムが出すようになったまともな食事——本物のチキン入りのチキンロール、新鮮なサラダ、チェリーパイ。ラ、ランスの母が作った、か、か、のようなチェリーパイ。

ティムに取り入るなんて、干渉好きの母親への怒りが一気に沸騰していた。だがもっと何かある——何かがランスの意識と無意識の境をつついている、暗く、恐ろしいものが……。

「一体……一体、その、母が初めてここに来たのはいつだった？　この家に。土曜のパーティの少し前か、それとも……？」

「いや、全然！　もう二週間くらい前だよ」とティムが教えてくれた。

うなじの毛がぞわりと逆立ち、ランスの指が内側へ曲がる。思春期以来初めて己のコントロールを失いそうで、荒ぶる感情のあまり、なすすべなくここで正体をさらしてしまいそうだった。歯を剝かないようにこらえる。ここにはいられない。

「ランス？　どうしたの？　僕がなんかまずいこと言った？」

ティムが顔色を失っていた。

ランスは無理に、大きな笑みを絞り出した。

「何も。あとでまた、様子を見に寄るよ」

それ以上は説明せず、ランスはくるりと踵を返して一直線に車へ向かった。


「どこにある⁉」

ランスは怒鳴りながら母の家へ乗りこんだ。玄関のドアを叩きつけるように開けたものだから、壁にぶつかってへこみが残る。

義理の姉のノナが膝に赤ん坊をのせ、リビングのラグの上では彼女の双子の息子たちが遊んでいたが、全員口をぽかんと開けてランスを見上げていた。

「えっと――」とノナ。

「母さんはどこだ？　今回一体何をやらかしたか知ってるか？」

　こんなに怒り狂ったことはなかった。ランスが車なら今ごろはボンネットからもくもくと黒煙を噴き出している。

「そうね……これは帰ったほうがいいみたいね」ノナが立ち上がった。「おいで、子供たち。何かが飛び交う前においとましましょう」と言って囁くようにつけ足す。「言葉以上のものがね。どうせお祖母《ばあ》ちゃんがやらかしたんでしょ」

　双子のリッキーとランディは何が飛び交うのか見たがって、楽しいことはいつもお預けだとぶつぶつ言ったが、ノナにつれられていった。

　母は、キッチンテーブルの前にいた。当然、ランスの荒々しい怒りの来訪はしっかり聞こえていたはずだが、のどかに座ってクーポン券を切り抜く彼女はすっかり落ちつき払って見えた。

「どこだ？　一体どこにあるんだ！　まさか捨てたとか言わないだろうな！　そうなら、誓って言うがな、母さん――」

「大騒ぎしないの」とリリーが言った。「みんなフランクリンの温室でぬくぬくしてるわよ。とてもよく育ってる、と言っていいわね。トマトなんか六センチも伸びて！」

　この瞬間まで、ランスはどこかでまだ信じてはいなかった。キッチンを右に左にうろうろしながら、彼は心底啞然とし、あきれ返り、おののいて、言葉を失った。

「そんな……そんな……どうして……なんのつもりで……」

　母は一見まだ落ちついて見えたが、クーポンを切りながらその手が小さく震え、体に力がこもった。

「だって、あなた言ってたでしょ？　あの家に行くのは種が芽を出すまでだって。だからもう少し時間をあげたくて――ティムを知る時間を。それだけよ。何も悪いことはしてないわ」

「何も悪いことはしてないぃぃぃぃ⁉」

　何かを叩きつぶしたい衝動。キャビネットを壁からむしり取るのは手始めによさそうだが、結局のところそんなことをしても何にもならない。

「ティムがどれだけ心配したかわかってるのか？　種がひとつも芽を出さないと思って！　このマッドクリークに脅迫性障害の邪悪なエルフやリスがいるとまで疑ってるんだぞ！　自分がホームレスになるかもしれないと不安がって！　自分は無能だと思って！　どうしてそんな仕打ちができた、母さん！」

（どうして俺のあの子にひどいことができたんだ――）

　リリーがハサミを下ろした。後ろめたそうで、少し狼狽してもいた。

「だって、ここまで長く持っておくつもりはなかったのよ。それにね、本当にすっごくうまくやったんだから、ランス！　そっくり同じ種まきトレイとか土とか全部そろえたのよ、フレズノまでわざわざ行ってきてね。ティムが買い物に出ている間、ガスとウィルソンがあのトレイを運び出すのを手伝ってくれて、小さなタグまで移し替えてくれたのよ。本当にそっくりに見えるのに、入ってるのは土だけ！」

母はすっかりご満悦であった。

「ああああああ！」

「何日かで戻すつもりだったの。そしたら、あなたたちがとてもうまくいってたし、それに……あなたの犬がティムとつながりはじめていた。それで、パーティも近づいてたし——その前にあなたがティムをあきらめたりしないようにしたかったのよ！　パーティじゃあんなに仲良くしてたし。ならあとちょびっとだけ、って思っただけよ」

「あああああ、あああ！」

ランスは声を上げ、髪をかきむしった。

「ランス、本当にね、あの子を困らせたくてしたわけじゃないの。それは悪かったわ」母は鼻をすすり、目を悲しげにうるませた。「でもあの子の苗はすっかり元気よ。ベヴ・フランクリンの園芸の腕は知ってるでしょう、彼女が世話をしてるんだもの。苗が戻ればティムだってまた元気になるわよ、そうでしょ？」

ランスにおそるおそる微笑みかけてくる。

ランスは鼻から息を吸っては吐いた。吸いこみ、吐く。身の内では犬が咆哮《ほうこう》を上げて猛《たけ》っていた。

食いしばった歯の間から言葉を絞り出した。

「苗をティムに返すぞ。もちろん、ひとつ残らず無事でな。母さんのしでかしたことの尻拭いをしたら、そのお節介焼きの性格についてもじっくり腰を据えて話し合いといくからな」

「わかったわ」

母の返事はしおらしかった。だがこのリリー・ビューフォートが心を入れ替えるより、子犬がコウモリの羽根で飛び回るほうがまだありえるとランスは知っている。知っているし、いつもなら彼女の行状にもっと目を光らせているのだが、ティムにすっかり気をとられていた。

「一体全体どうしてこんなことをしでかしたんだ？　何のためだ？」母を問い詰めた。「どうして母さんが、俺とティムを結びつけたがるんだ？」

「あらあら、ハニー」

リリーが立ち上がって、うろつくランスの足を止めさせる。温かな両手で彼の手を取った。

「あの子はあなたの運命の相手じゃないの」

彼女の両目は希望に輝いていた。わずかな迷いもない口調に、ランスの胸が締めつけられる。

「つまりそれは……でも、男だぞ」と乱暴に言い返した。

「だって、あなたはそこはどうでもいいんでしょ。それにあなただってよく言ってくれるけど、うちには孫はもう充分いるしね」

「それに純血の人間だ！　母さんは異種間結婚に賛成してないだろう！」

リリーがくるっと目を回してみせた。

「いつもそう白黒つけないと気がすまないんだから、ランス。そりゃ異種間結婚を好んではいないわよ、ほら、クイックの子供が生まれる確率が減るものね。それに人間が誠実で忠実なパートナーになれるのか信じられないところもあるわ。でもこの町にもたくさん異種間結婚を受け入れてきたでしょ、私だって？　私はただ、子供たちに一番の幸せを願ってるだけなのよ。でもあなたにはね、ランス、あなたには特別な誰かが必要なの。それで……ティムに会ってすぐ、ああそうなんだってわかった。あの子のほうもあなたを必要としてるんだもの、とてもね」

ランスはただどうしようもなく母を見つめて、言葉もなかった。

「ああ、もうあなたったら」リリーからぎゅっと手を握りしめられた。「あの子といると、あなたはダンスするんでしょ？」

ランスの背すじが震えていた。リリー。彼女はどうやって、ランスをこの家をバラバラに引き裂きたい気分にさせたかと思えば、次の瞬間には愛情で崩れ落ちそうな思いにさせるのか。

母を抱きしめると、少し力が入りすぎてリリーが大きくうなった。

「神に誓って、言っとくが、もし母さんがまた――」

「いいから、お黙り」とリリーが言った。

11　暴露

翌日の午後六時、ランスはティムのドアをノックしていた。ティムが開けたドアから十三キロの子犬が抜け出し、ランスがベーコンのオイルまみれでやって来たかのように熱狂的にとびついてきた。

「どうも」とティムが挨拶した。少し緊張して、とてもハンサムで、白いボタンダウンシャツとネイビーブルーのカーディガン、それにジーンズを着こなしていた。

内側で犬がパタパタと尾を振っているせいでランスの腰がもぞもぞ動きそうになるが、なんとかこらえた。顔に広がる笑みはこらえようがなかった。

「あらら、ふたりともとっても素敵だこと！」

ティムの背後から携帯片手のリリーが現われた。

「母さん――」

「ほらほら！　ティム、ポーチに立ってちょうだい、背景にあの可愛い木を入れて撮りたいのよ。ティムに腕を回して、ランス。これでいいわ。さっ、〝子犬のおしり〟って言って！」

ランスは母に冷たい、警告のこもった笑みを向けた。「いや本当、言われたとおりにするのが一番早い」とくいしばった歯の間から囁く。

「うん、もう知ってる」とティムが囁き返した。

「さっ、何の心配もいらないわよ、ティム！　いくらでものんびりしてらっしゃい。レンフィールドと私はここで楽しくすごしてるから」

「いい子にしてるんだよ、レンフィールド《レニー》！」

ティムは子犬の耳をごしごしこすって鼻先にキスをした。その気持ちよさがよみがえってきて、ランスの耳がピクッと動く。母からニヤついた目を向けられて、顔がほてった。

車へ歩いていくと、ランスはティムのために助手席のドアを開けた。

「座って少し待っててくれ。母に一言、話があって」

「気にしないで」ティムが微笑む。「僕はここで……」ランスは次の言葉が続くまで待った。

「……じっと……居座ってるから。大丈夫！」

ティムが自分に溜息をついている間に、ランスはドアを閉めた。キャビンに入りながら間抜けにニヤついてしまう。口下手なティムをまた見られたのがなんだかうれしかった。ランスのことを意識している証拠だ。そのはずだ。

「準備万端か？」とリリーにたずねた。

「ああ、もう。ちゃんとやってあるわよ、ランス。何にも心配いらないから」

「車が坂を下りていくまで、十分は待ってくれ」

「ええ、わかってる。ガスとウィンストンが全部もう積みこんで、電話したらすぐ来るわよ」

「それと、とにかく苗を大事に扱ってくれ。トレイを落とさないように！」

リリーが天を仰いで、溜息をついた。

「ティムの苗に何も起きたりしませんよ。ああ、もう。あなたの過保護さはあの子のこととなると大河のごとしね」

ランスはそれを無視した。

「それとローマンが七時に温室をチェックしに来るから、それまでには全部片付けておいてくれ」

「その話、また言わせてもらうけど」リリーが文句を言った。「ローマンにもうその必要はなくなったと言えば、いい信頼の証になるんじゃないかしら。ティムが麻薬なんか育ててないのはわかってるでしょ！」

「最後までやりとげたいんだ」ランスは強く言い返した。「それに、しばらく前にたのんだことだが、あれから何度か聞かれてる。ローマンも自分の能力を試したいんだよ。気が変わったと軽々しくは言えない」

「そうおっしゃるなら結構」とリリーが仰々しく溜息をついた。

「どうせ何も見つからないんだ、問題はない。それと忘れないでくれ、俺たちが帰ってきても、俺も母さんも温室の話は一切しないこと。朝、誰もいない時にティムが自分で発見するのが一番いい」

リリーは熟練の嘘つきだが、得意満面の顔くらいしかねないとランスは見ていた。それにティムだって一晩でいきなり芽が三センチだの五センチだの伸びていれば、その謎を解こうとするだろう。見るからにあやしい容疑者としてランスとリリーがそこにいない時のほうがいい。ランスとしては喜んで真実を打ち明けたいが、ランスがチャンスであるという前提抜きでは話があまりにも支離滅裂なのだ。最初のデートで切り出すには重すぎる話だった。

「まったく、大したものですこと」とリリーが切り口上で言った。

「そうか？　誰の血筋だ？」

「こっちだって、あなたなんか生まれてもないころからあれこれ画策してきてますよ」

「ああ、よくわかってるさ。十時まではティムを引き止めておく」

リリーの表情がさっと、わけ知り顔の笑みに変わった。

「好きなだけゆっくりしてらっしゃい。素敵な時間をすごしてね！」

ふうっと苛立ちの息を吐きながら、ランスはドアへ向かった。

「肩の力を抜いて自然な気持ちに従えばいいわ、ランス。あなたがどれだけカマトトぶったって、あなたの犬は準備万端、どうすればいいかちゃんとわかってるから！」

「俺を信じてくれてありがとう、母さん」

「あら、どういたしまして」

車が丘を下って町に向かう間、ティムはこれが人生初のちゃんとしたデートなのだと噛みしめていた。高校の時のディロンはボーイフレンドというよりセフレ兼ゲーム仲間だったし、サンタバーバラに住む間にゲイバーで何回か遊んでみてもガッカリ体験で終わった。肉体的にはクラブにいる強そうな男に——粗削りであればあるほど——惹かれながら、結局は華奢で可愛い金髪とのトイレでのせわしないブロウジョブに終わるのだ。荒っぽい男にコントロールを握られるのが怖くて。そして、臆病な自分がいやになった。

今夜は、だが、新しい体験だった。隣にいるのは、リアルな、見た目のイケてる、歯も全部そろってる、責任感も職もある独身の男で、しかもズボンの中に一晩もぐりこむ以上の興味をティムに抱いているようだ。さらにいいことに、ふたりの間には何かのつながりがある——不可視の感情が通じ合っているのを感じる。だからランスのそばにいるとティムの胸は温かくなって、ざわつく。いつから、どうしてなのかはわからないが、たしかにパーティの夜からはもうそうだった。こんなふうに感じるのは初めてだ。ランスも感じているのだろうか？

期待しすぎるな、と自分を抑えるが、もう心は期待でふくらんで青空に浮かぶヘリウム入りの風船みたいにパンパンになっていた。これで、あとは心にくいこんだ小さな恐怖さえ乗り越えられたなら。ランスはあまりにも……男らしくて、権高《けんだか》で、迫力があった。ランスが暴力をふるってくるわけがないと、ティムは自分に言い聞かせているし信じてもいる――頭では。だが心の深いところで、気を許すなという声がするのだ。

（車の中、その男と二人きりだ。夜に。その男はお前になんだってできる。しない理由がない。お前は弱い、負け犬なんだから――）

黙れ、とティムはその声に念じた。雰囲気を壊すな。

「ドライブにはいい晩だから、マウンテン・プレイスに行ってみようかと思ってる」マッドクリークのメイン通りへ合流しながら、ランスが言った。「四十分くらいかかる。いいかな？」

「うん」ティムは肩をすくめた。「急いでないし。お母さんが子犬シッターを買って出てくれて助かった」

「時々は役に立つんだよ」

「すごくよかったよ、彼女が……これに……反対じゃなくて」

ティムは自分とランスの間を手ぶりで示した。

ランスが温かなまなざしを向けてくる。

「リリーはいい直感の持ち主だ。というのは言いすぎかもしれないが――信じられないくらい悪い、アイデアをひらめくこともあるから。だが、ひとを読む直感はたしかだ」

ティムはほめられていると受けとることにした。

黄信号すれすれに走りこんできた車がかすめ、ランスが急ブレーキを踏みこんだ。彼の手が反射的にのびてティムを——シートベルトはしていたが——守ろうととっさに胸を押さえる。だがその突然の動きに、ティムはぎょっと全身をこわばらせていた。

「ごめん」とティムが呟き、ランスの手が下りる。

何も言われなかったが、ティムは自分の反応が普通じゃないとわかっていたし、額にでかでかと負け犬《ルーザー》の〝L〟が貼り付いている気がした。きっとランスは、ティムを面倒な相手だと思っただろう。だがランスはそのまま車を走らせた。

マッドクリークの町境いのそば、右手側に、夜は閉じているツールショップがあった。ランスはその私道に車を入れると駐車場の奥の木立に向かった。そこで車を停める。

人気のない場所だ。ティムはまたこみ上げる緊張を感じた。頭の中の声が、ランスは怒っているぞと、今から怒鳴るぞ、ひどいことをしてくるぞと警告してくる。今夜の誘いを受けなければよかった、と思った。子犬のレンフィールドと家にいればよかった。こんな——。

ランスが体の向きを変え、ティムが固く握っている拳を手で包んだ。青い目は優しかった。

「ティム？」

ティムは、揺れる息を吐き出した。

「うん？　ごめん。僕、どうしちゃってるのか……出かけるのが久しぶりすぎるからかな。というか、初めてかも。こんなふうには、ってことだけど。ランスのせいじゃない、僕のせいだから。無視して。いいから」

お願いだから僕を無視して。怒ったり、このまま帰ったりしないで――。

ランスの親指がティムの拳をさすっている。拳の緊張がゆるむまで。

「俺に慣れるまで時間がかかるのはわかっている。俺のことを、本当には知らないだろうし、それに、知らない相手を警戒するのは利口なことだ。ただ、これだけ言わせてくれ。俺は決してきみを傷つけはしない」

その声はおだやかで、揺らぎのない確信に満ちていた。ティムはとても目を合わせられず、シフトレバーを見下ろす。「それはわかってる」

「ちゃんとわかってはいないだろ、まだ。でもいつかわかる。それに傷つけないとか二度としないとか、口約束が簡単なのも知ってる。簡単に破れるものだ。だが、俺は一度も誰かを殴ったことはない。そういうことはしないんだ。誤解してほしくないが――もし誰かが俺や身内を危険にさらせば、俺はやるべきことをやる。だが決して、知った相手を、心を許した相手を殴りはしない。たとえて言うなら……たとえるなら……チャンスがきみを噛んだりしないのと同じくらいに、それはありえない。わかってくれるか？　俺は、誰かを守ると決めたら、必ず相手のために全力を尽くす」

深い息を、ティムは吸った。正直になろう、と決める。理由があるとわかればいちいち面倒くさい男だと思われずにすむかもしれない。だが話し出しながら、ティムはフロントガラスの向こうに視線を据えるしかなかった。

「別に、ランスを信用してないとかじゃないんだよ。普通のことじゃないって、普通のひとは誰かを殴ったりしないってわかってるし。ただ……僕の父さんは、殴った。僕のことも殴った。時には何のきっかけもなく。いつか、こんなにビクビクしなくてもすめばいいんだけど……」

ティムの顎にランスの指がふれ、優しく持ち上げて、目を合わせた。

「いつの日か、そうなるよ。いつの日かわかる、心底から、俺が決して手を上げないと、最後の息まできみを誰からも守りつづけるとわかる。今のところは……きみが不安になったからって、俺はきみを置いていかないし腹を立てたりしない。いいか？」

ランスの声にこもるその感情は……信じられない……それは、ティムが人生で一度も向けられたことがないほどの愛情だった。勿体ないほどの。

いつの日か。ランスはふたりに未来を見ているのだ。その未来が本当になるようにと、ティムは願った。

胸があまりにもいっぱいで——理解してもらえたうれしさ、こんな素晴らしい相手とめぐり合えた驚き、それに信じているとランスに伝えたい衝動とで、言葉が胸につまる。

言葉のかわりに、ティムはランスの上着を片手でつかみ、引き寄せて、キスをした。

ランスはそのキスに溺れた。とにかくさわれるなら何でもいい。パーティの夜にもさわりたかったし、温室でキスした時にもさわりたかった。それどころか、チャンスとしてカウチで隣に寝そべっている時にもティムを二本の腕で強く引き寄せたくてたまらなかった。そして、保護欲をこうも強くかき立てられた今、とてもその衝動を抑え切れない。

　両腕を回してぐいと抱きしめると、ティムは自ら体を投げかけるだけでなく、シートベルトを外してガサゴソとコンソールを乗り越えてきた。ランスの細身の腰とティムのひょろっとした長い足との組み合わせで、どうやってか運転席のランスの膝をティムがまたがる形に落ちついた。いつも一番後ろまでシートを下げておく習慣でよかった。

　ティムのキスは全力で、舌は熱く、やわらかい。ひなたの、大地のぬくもりの味がした。そしてつがいの味。愛情と、つき上げる情動と、セックスを凝縮したような味。つがいをほしいと思ったことはなかったが、この瞬間は、腕の中のこの温かい生き物なしでは人生は抜け殻同然だとしか思えなかった。

　ティムのキスが止まると、ランスはもっときつく、ティムの肩から膝までぴったり合わさるほどに引き寄せた。ティムの首に顔をうずめ、心地いいぬくもりを吸いこむ。ティムの体臭が鼻を満たし、頭の芯まで沁みわたる。キスからハグになったのだから、興奮も少し醒めるかと思ったが、そうはならなかった。つがいとこうも近く、においと味を感じるほどそばにいるなんて、想像の許す限り最上の美味を鼻先にぶら下げられたようなものだ。これを我慢するほどの克己心《こっきしん》はない。だがそれでも、ランスは強引なことはしたくなかった。

「ねえ」とティムが囁いた。「今、その、乱暴なのが怖いって話をしたばかりなのはわかってるけど……でも本当はね、僕の中にも壁に押しつけられたいって願望があるんだよ、いつの日かね、お巡り《オフィサー》さん。本物の痛みがないなら、本当に怒っているのでないなら。だから――割れ物みたいには扱ったりしないで。そのほうがいいんだ」

「そうなのか？」

ついその様子を想像して、ランスの腰に熱が溜まる。

「うん」

もぞもぞ体をかぶせてきたティムを、ランスはさらにきつく抱きしめた。ランスの屹立の形がふたりのズボンごしにティムの陰嚢をぐいと押し上げ、同時に脈打つティムの固さがランスの腹に熱くくいこんだ。

ティムが呻いた。

「うわ、わかる。めちゃくちゃさわりたい……もう自制心ゼロ」

「説得の手間がはぶけて助かる。俺ももうゼロだ」

ゼロどころか。犬の本能が、これがほしいとか今すぐほしいとか、全力で訴えている。

ティムが体を引いて、ランスを見つめた。首筋がすっかり赤らみ、目はうっとりとして色が暗い。唇を、ためらいがちに噛む。

「ディナーの予約してあるんじゃないの？」

「いいや。いつ行っても席を用意してくれる」

「ん……ツールショップの駐車場でごにょごにょするのは違法なんじゃない？」

ニヤッとして、ランスをからかっている。

「きみが保安官に黙っててくれるなら俺も黙ってる」とランスは真面目くさって答えた。

実際には、車内で男相手に熱くくんずほぐれつのところを見つかったなら一生ジョークのネタにされるだろうし、少なくとも一部の住民から苦々しく見られるだろう。だが今は、そんなこと人生でこの上ないくらいどうでもいい。

「へえ、全部解決済みってわけだ」

ティムがいたずらに眉を上げてみせ、ランスの胸を指でなで下ろした。ひとつ、ふたつとボタンを外し、焦らしながら、見えてきた黒い毛にテンションが上がっているようだ。さらにボタンを外すと、うっとりとランスの胸板に指をすべらせた。

「すごいね……ここの毛が柔らかくて黒くて……すごく色っぽい」

声など出そうになく、ランスはごくっと唾を呑んだ。この胸毛をティムが気に入ってくれてよかった。ティムの指でふさふさとなでられると、瞼がとろんと下りかかって、股間がいきり立つ。

左乳首に小さく生えた白い毛をティムが引っぱり、「お年かな？」とニヤッとした。

返事がわりにうなって、ランスはぐいと腰をつき上げた。

思い通り、ティムの注意が逸れる。ランスの腰を見下ろして、目を見開いた。ジーンズを盛り上げた膨らみをそっとなで、形をなぞって、親指でさする。ふたりして呻いていた。

「ほんと、自制心なんか粉々だよ、バーンって。簡単になびいちゃ駄目な気もするんだけど、いやもうムリ。すごく欲しい」

「こんな切羽詰まった気持ちにまでなってるのに、簡単なわけがないだろ」

そうなって、ランスは主導権を握りにかかった。彼のつがいが欲情して、彼を必要としている。満たしてやらなければ。

ティムの首筋に手をかけ、ぐっと引き下ろして、唇を合わせると、前より深くキスしながら舌を淫らなリズムでつき入れた。なんとかズボンのボタンとファスナーを外して、ティムの勃起をつかみ出す。

いや、俺のだ。

「ラ——ランス……」

ティムが喘いだ。ランスのズボンの前をくつろげようともぞもぞしていたが、ついにその細い手がランスの太い屹立を包んで——最高だ。完璧だ。

とても集中していられず、キスを中断するしかなかった。ただティムの顎に額を押し当てて目をとじ、ランスはその一瞬にすがりつく。焦らす余裕すらなく、せき立てるようなペースで腰を動かすと、ティムもそれを真似した。ふたりとも同じ動きが好きなのだ——ティムの太腿にこもる力、その切れ切れの息が証なら。

　それにしても手の中にティムを握りこむのは気持ちが良くて、これまでの自慰の経験などとは全然もう……熱くて固くて……セックス……発情……それと……。

「ランス……」

「わかってる」

「す、すごくて……ヤバいこれ……」

「完璧だ」

　まさに完璧、だがまだ足りない。ティムのにおいが一番濃いところに顔をうずめてみたいし、全身をさわりまくりたい。車の中ではできないが。

　今はただ一方通行のローラーコースターに乗って、昇って昇って昇って、いずれ——ランスの睾丸の張りつめ方からしてもうじき——墜落する。ふたりの手が同じリズムで動き、ティムが口を開け、ランスのこめかみに向けて何か喘ぐように呻く。快感で眩暈がしてくる——音、におい、思いきって目を開けて見下ろした眺めだけで限界だ。もう夢中すぎて、誰が誰にさわってそれをどっちが感じているのかすら朦朧としてくる。

「あ、あ、いい……イキそう——」

　全身を痙攣させながらティムが絞り出した。

「イクぞ」

ランスは自分の状態を教えたつもりだったのだが、結局ふたりで同時に達していた。まるでお互いの中に呼び合う快感のエネルギーの渦に搦《から》め捕られて、ふたり一緒に落ちていくしかないように。それは、ランスの想像すら越えた世界だった。

ぐったりとティムと重なり合って、ランスの肉体は余韻に満ち、思考はお休み状態だった。彼の犬はこの上なく満ち足りている。

少ししてから、ティムにつつかれた。

「店まで車を走らせる体力ある？　マクドナルドでもいいよ」

笑って、ランスはなんとか起き上がった。

「駄目だ。今夜は絶対に素敵な店につれていく。ダッシュボードに手が届くか？　拭くものが入ってるから」

体裁を取り繕うと、ティムは助手席に戻った。どうも目を合わせようとしないので、ランスは顔を寄せてティムの耳に鼻を擦り付けた。

「今のは前菜だ。メインコースは、きみをベッドにつれこんでから。それかせめて壁に押しつけて」

「うーんどうかな、公共の場所で〝遊ぶ〟のも結構楽しかったから」

ティムがからかいを返す。駐車場から車を出しながらランスは呻いた。

「俺の未来に、弾劾裁判と罷免が見えるぞ。その声で口説かれたら何でもしてしまいそうだからな。ランチタイムの混んだダイナーでの一発だって」

「このスーパーパワーは常識的な範囲で使うことを誓います」

ティムが大真面目に述べた。

それが可愛くて、マウンテン・プレイスまでの道中ずっと、ランスはティムの手を握っていた。いつもならハンドルに置く手は十時十分を遵守だが。

時には、ルールより大事なものもあるのだ。


マウンテン・プレイスはこぢんまりとして居心地のいいログハウスで、高級版家庭料理を出している。フレズノへ出かける時のリリーお気に入りの立ち寄り所だ。肩の凝らない場所だが、今夜はずっとロマンティックに感じられた。火が燃える暖炉のそばの席だからだろうか。それとも、炎の金の輝きで輪郭の少年っぽい鋭さがやわらいだティムの姿のせいか。もしくは、セックス後のエンドルフィンでほろ酔いになってランス自身すっかりご機嫌だからか。

「で……どうしてまだ独身なの？」メインの料理を待つ間、ティムがたずねた。「マッドクリークじゃすごくモテるんじゃないの。特に、男とも女ともデートできるなら」

「俺がデートした男はきみが最初だ。それに、女性ともあまりデートはしない」

ティムはびっくりした顔になった。「へえ？　どうして？」

　できるだけ真実に近い答えを返すことにした。

「俺は、職務に身を捧げている。だから、常に町が優先になる以上、充分な気持ちを向けられないのに誰かと結婚して子供を持つのは相手に悪いと思っていた」

「ああ……わかった。仕事と結婚してるんだね」

　表情を曇らせ、ティムはすぐに作り笑いでそれをとりつくろった。内心、ランスは己をののしる。

「いや、そうは言ってない」

　テーブルに肘をのせて身をのり出し、いきなり引っ込み思案になったティムの目を一心にのぞきこんだ。

「どうしてこれまで女性と結婚しなかったかを説明したんだ。だが……ひとは変わるものだ。俺はきみが好きだ、ティム。だからもしきみが本心から子供がほしいなら、その時は……できるかぎり協力する」

　ティムはぽかんとしていた。何か言おうとして、唾を呑み、ただ仰天している。

「すまない」とランスは身を引いた。焦ってきて、うなじの毛がちりちりする。クゥンと鳴きたい。「ちょっと先走った」

　ティムは眉をよせた。

「それって僕を……僕をからかってる？　まだ僕のことほとんど知らないのに……」

しまった。ランスとチャンスは別ものだから、ティムとランスとの間にはほとんど交流がなかったのを覚えておかないといけないのだが、じつに難しい。

慎重に言葉を選んでいた時、ポケットの中で携帯が振動した。保安官助手からの緊急連絡か、それともローマンからか。ランスは腕時計に目をやった。七時半。ならローマンだろう。

「少し、失礼する」

「いいよ」

謝罪の笑みを投げ、ランスはレストランから出て通話を受けた。そうしながらも、心を動揺がかすめる。

もしティムが、やっぱり麻薬を育てていたら？

（かまうか。その時はその時だ）

「ローマン？」と出た。

『どうも、保安官。報告です。温室のすべてのトレイを確認しました。そこにある棚の周囲や中の袋も嗅ぎました』

「それで？」

自分の未来が今まさに髪一本で吊るされている気がした。どうであってもかまわないと、どれだけ己に言い聞かせても。

『クリーンでした。私が探知訓練を受けたいかなる植物もありません——マリファナも、アヘンケシも、その手のマッシュルームも。すべて問題ない植物です』

安堵が一気に押し寄せ、それから自己嫌悪がうずいた。なんでもなかったのだ、結局は。だがそれでも、疑いを抱かなければティムに近づくこともなかっただろう。

「ありがとう、ローマン。それじゃあ——」

『待って下さい！』

ローマンの声がふっと緊張した。携帯が地面に落ちたらしく、次の瞬間、パンパンと音が鳴った。ランスは、ぞっとして、銃声だと悟る。続いてガラスの砕ける音がした。

「ローマン！」

叫び声。さらなる銃声。大きなものがひっくり返る音。

くそっ、何が起きてる？　ぐっとこらえていったん通話を切ると、ランスは保安官助手に電話をかけた。チャーリーにティムの住所を伝える。

「できるだけの人数を集めていけ——今すぐ！　俺もすぐに向かう」

まずい。ローマンがいるのはティムの家で、そこにはリリーもいるのだ。ふたりの死体が温室のそばに血まみれで横たわっているおぞましい想像がランスの脳裏に浮かんだ。そばにある毛玉のようなレンフィールドの死体も。

（たのむ、それだけは——）

ランスは早足でレストランへ戻った。彼の表情を見た瞬間、ティムが立ち上がった。

「何かあった？」

「すまないが、戻らないと」

「いいよ、もちろん」

それ以上は何も言わず、ランスはテーブルに金を置いて、ティムをつれ出した。ティムにどう説明する？

いやそれより、まず、一体何が起きている？

12　惨劇の地

何か、とんでもないことが起きている。自分が怖がることじゃないんだと言い聞かせる一方、やっぱり怖くて、その間でティムは揺れていた。これは、ティムの知らない誰かに関する保安官の仕事のはずだ。だがそうであってもランスが心配だ。事がなんであれ、ランスは事態の核心部に踏みこんで行くのだから。

今夜のランスは信じられないくらい優しくて、思いやりに満ちていた――車の中でいちゃっいた時も、運転中に手をつないでいた時も。素敵なレストランまでつれていってくれて、ディナーの席の言葉からするとふたりの未来について考えてもいるようだった。

どうかしている！　出会ってすぐに恋に落ちる話は聞いたことはあるが、そんなロマンティックで劇的なことが自分に起きるわけがないと思っていた。だがランスは、ティムが子供がほしいなら協力すると──最初のデートで！──言ったのだ。ティムだって、ベッドにもぐりこむ口実と見なすところだが、ランスは嘘つきには思えなかった。口数は多くないし、話し下手だが、その言葉にはいつも真心があった。

こんなにもまっすぐで強い男のそばにいるとドキドキするし、ふたりをつなぐ深い感情をもう否定できなかった。このつながりが幻でないようにと、人生でこれ以上なかったほどに祈る。誰かと人生を分かち合うってどういう感じなのだろう。帰りを待つ誰かがいて。成功も失敗もふたりで分け合って、家庭をともに築く──暴力への恐怖などどこにもない家庭を。それは、現実というより届かぬ夢物語に思えた。

ああ、ティムの運勢からいくと、一生の相手とめぐり合ったその夜に銃撃戦の流れ弾で死ぬとかいかにもありそうだ。

ランスは電話の中身は何も語らず、ただ猛スピードの車のハンドルをきつく握って顎を噛みしめていた。それで早く着くかのように少し前のめりにすらなっている。

それほどの集中を乱したくなかったが、ここは何か励ますようなことを言うところかもしれない。

「仕事、それとも家庭？　この緊急事態って」

聞くと、ランスの唇がきつく締まった。

「まだわからない。ひとつたのめるか？　俺の上着のポケットから携帯を取って、最後にかけてきた相手にかけ直してもらいたい。向こうが電話に出るかどうか、たしかめられれば……」

「いいよ」

ティムは言われたとおりにランスのポケットから携帯を引っぱり出した。最後にかけてきたのは〝ローマン〟で、その番号にかけ直す。長々と鳴ってから、一度切って、またかけた。

「誰も出ないね」

口元をこわばらせて、ランスは何も言わなかった。

「何かほかに僕にできることある？」

こうも気を揉むランスを見るのも嫌だし、ティム自身の不安もつのる。

「いいか、聞いてくれ——」と言いかけて言葉を切り、ランスはためらった。

「何でも言って」

「きみのキャビンについたら、きみには車の中に残っていてほしい。そうしてくれるか？」

「い、い、い、僕のキャビン？」

ランスは深刻そうにうなずく。両手が白くなるほどハンドルを握りしめていた。

「そこで銃声が聞かれている。だが何が起きているのかまだわからないから、あわてないでくれ。なんでもないかもしれない」

「えっ、だって、あそこにはお母さんがいるのに。レンフィールドも！」

ランスはただうなずいた。

「僕の家。どうしてあんなところで銃声が？」

まるで事態が呑み込めないまま、腹の底からパニックがせり上がってくるのを感じた。

「落ちつけ。まだ何もわからないんだ。だが誰か……誰か、きみに害意を持つ者はいないか？ここまで追ってきそうな？」

「いないよ！」

そんなこと現実とも思えない。

「父親は？」

ティムは苦々しく笑った。「煙草買いに店まで行くのもやっとだよ。だいたい僕のことなんかとうに忘れてる。どこにいるかも知らないよ」

「ほかには？　たとえば——」

「たとえば、何？」

ランスが葛藤している様子に、ティムはますますわけがわからなくなる。

「……いやわからないが。こっちに来てから誰からも連絡はないのか？　居場所を知られたくないような相手からの……」

　特定の誰かのことだと、そういう感じがする。ランスの言う条件に当てはまるのはマーシャルだけだった。

「どうしてそんなふうに聞くんだ？　誰かが僕のことで保安官事務所に連絡してきた？　もしそれが前の上司なら、あいつはイカれてるから。あそこで作ってきたどんな品種もここでは育ててないよ。あいつどうかしてるんだ」

「そのマーシャルのことだが、暴力的な報復を企みそうか？」

「え？　まさか！」想像もつかない。「マーシャルはオーガニック野菜の会社の経営者だよ。最低男だし嘘つきだし口先ばっかりだ。でも……まさか、そんなのは。自分の面子《めんつ》を大事にしてるから法律破りはしないよ。むしろ弁護士をけしかけて人をなぶり殺すタイプ」

「わかった」

　ほかにどんな可能性がありえるのかと、ティムはあれこれ考えをめぐらせた。

「ハンターがキャビンの近くで発砲しただけとかじゃなくて？　僕とは関係ないことかも」

「そうかもな」

　ランスはそう同意してくれたが、ティムの心は一向に軽くならなかった。

ティムの家への引込み道へ車を入れた時には、もう三台のパトカーが着いていた。助手のチャーリーからは十分前に報告の電話が来ていて、ランスはこの先に待つものを知っていた。ティムにどう言えばいいのかは、まったく考えつかない。

「なんでこんな……」

さっと照らされた光景に、ティムが呟いた。夜闇の中でもライトの光で、キャビンの正面が撃たれ、窓ガラスが砕けて、弾丸に削られた木片が玄関ポーチに散らばっているのがわかる。

「ひどい……！」

「ティム、さっきも言ったが、車に残って――」

ティムが助手席のドアを開け、ランスが止めるより早く家めがけて駆け出した。ランスは悪態をついてギアをパーキングに入れ、後を追う。

チャーリーからの電話では犯人はもういないと言っていたが、それでも心配だった。周囲の森を捜索するまでは安全と断定できないのだ。ティムが銃口に姿をさらしているかもと思うだけで背すじが凍る。

追いついた時、ティムは立ち尽くして家を凝視していた。ティムはランスより少し背が高かったが、ランスは背後からできるだけうまくティムの体を抱いて、生きた盾として、そして心の支えになろうとする。

チャーリーがやってきた。

「保安官！　どうやら少なくとも三人の銃撃者がいたようで、一台の車で来てます。緊急配備はかけましたが、車を目撃したのはリリーだけで、よく見てないと」

「黒かったか？　近くで怪しい黒い車の報告を受けた。ローマンがナンバーを見ている」

「いいえ、銀の車です。リリーがそうはっきりと」

「負傷者は？　ローマンはどこだ？」

「負傷者はいません、血痕もなし。ですが家の方はズタボロで――失礼。ローマンの姿は見てません。彼の車も近くにはありません」

それ以上はティムに聞かせたくないらしく、チャーリーは含みありげにランスを見た。だが血痕がなく――ありがたい！――ローマンの車も消え、チャーリーのこの目つきとくると、どうやらローマンは犯人を追跡しているのか。

まだティムの体がランスの腕の中で硬直している。ランスはどう見えるかもかまわずほとんどその体を包みこんだ。だがその時、家の角からレンフィールドがとことこと姿を見せ、ティムは抱擁から抜けて子犬に駆け寄った。

「レニー！」しゃがみこんで子犬を抱き上げる。「無事でよかった。震えてるじゃないか！　よしよし、怖かったのか？」

子犬をあやそうとするティムの声も甲高く、ランスの耳にはいびつに響く。軽いショック状態だ。

「リリーは大丈夫か？」

この隙にと、ランスはそっとチャーリーへたしかめた。チャーリーが囁き返す。

「リリーは、犯人が来た時に変身して森に逃げこみました。子犬をつれて。今は無事です。ローマンのことですが、家の裏手に彼の服がありました。しかし、ここに彼の車がないということは、ヒトの姿に戻っているはずです」

チャーリーの唇が後ろへひきつれ、歯を剝き出した。保安官事務所の仕事に対しては縄張り意識が強く、ローマンの役割をうらやんでいるのだ。はっきりとは言わないが。

「ビビって逃げたのかもしれませんよ」

ランスは首を振った。

「ローマンはまっすぐな男だ。ここにいないということは、犯人を追っていったんだろう」

ティムの方へ向かおうとしたが、チャーリーに腕をつかまれた。

「もうひとつ。リリーの話じゃ、犯人たちは一帯に撃ちまくった後で叫んでいたとか。〝この辺でマリファナを育てていいのは俺たちだけだ〟とか〝とっとと出てくか、でなきゃてめえに弾丸《たま》をぶちこむぞ〟と」

ランスは息を吞んだ。

「だが――ローマンは電話で、ここにはマリファナは植えられてないと言ってたぞ！」

「俺たちも見て回りましたが、それらしきものはなかったです。人違いとかですかね？」とチヤーリーが肩をすくめる。

　ふと、ランスの脳に、恐ろしい考えが浮かんだ。どんな悪夢もかなわないほど恐ろしい……とてつもない過ちをしでかして、目覚めてやっと夢だったのかと安堵するおぞましい悪夢のような……。

　だが今回、ランスを目覚めさせてくれるものは何もない。

　顔を上げて、ティムを探した。ティムは消えていた。


　レンフィールドを抱いて、ティムは温室に立っていた。全身が脱力し、ずっしりとした子犬の重みに腕が負けそうだが下ろすわけにはいかない。一面ガラスの破片だらけだ。

　イカれた血も涙もない連中が、温室のガラスをすべて撃ち砕いていった。割れたガラスが至るところに散らばっている。だが、ティムが見つめていたのはその異様な暴虐の爪痕ではなかった。

　温室の中、ガラスの破片や裂けた土の袋、ひっくり返った道具のさなかにあったのは、ティムの種まきトレイだった。トレイのすべてが台から叩き落とされ、あるいは放り投げられて、大きなプラスチックの枠が割れて土が散乱している。

　だが、ティムが見つめていたのはそれでもなかった。

ティムは苗を見つめていた。

散らばった破片の中にのぞくのは、数十、あるいは数百という数の小さな緑の芽だった。土をひっくり返されて、細く幼い根を宙にさらし、葉はしおれはじめて、茎が折れている。トマトの若苗、ピーマン、メロン、イチゴのギザギザの葉、ブロッコリやラディッシュの苗。バラもあった。何十本ものバラの苗が土とガラスの破片の中、空気にさらされて散らばっていた。

ティムはそれを見つめた。意味がわからない。レンフィールドがクゥンと鳴いて彼の顔を舐めはじめて、やっと自分が泣いているのに気付く。

「ティム?」

ゆっくりと、関節炎の老人のようにぎくしゃくと、ティムは振り向いた。温室の入り口にランスと彼の母が立っていた。

「これ、一体……」

自分の声がひどく遠くから聞こえる。耳に綿がつまっているように。

ランスと母親が後ろめたい視線を交わした。特にリリーは申し訳なさそうだった。

「どういうこと? 何をしたんだ?」

恐怖がこみ上げてきて、吐き気をもよおしながらティムはリリーを問いただした。

リリーは何も言わなかった。目も合わせられずに下を向いている。

そんな——馬鹿な。愕然と、痺れた心の奥から、何か熱く、ぞっとするものが湧いてくる。

不意に、ひどいことになりそうな気がした。状況はすでに悲惨なのに、これよりもっと悪い事が起きそうな。『キャリー』でプロムに出かけた主人公がバケツいっぱいの血を浴びせられた瞬間のような。いや、そういうことはもう起きていたのだ。きっと。ティムは踏みにじられるような、ひどい仕打ちを受けていたのだ——。

「どういうことなんだ?」

ランスに向かって、少し大きな声で聞いた。

ランスの頬は紅潮し、まごついていた。

「どうやら……三人の男がやってきてあたりに発砲したようだ。きみがマリファナを育てていると考えていた。警告のつもりだ」

「はあ?」

腕の中でレンフィールドが身をよじり、それ以上抱えていられなくなったティムはリリーへ歩みよると子犬を押しつけた。

「ガラスの破片だらけだから。下ろさないで」

「下ろさないわ」

小さな声で、リリーが答えた。

くるりとランスへ向き直り、ティムは腰に手を当てた。

「一体どうして、僕がマリファナを育ててるとかどこの誰が考えるって言うんだ」

ランスが唾を呑んで、ティムの顎あたりを見つめた。

「俺が、そうじゃないかと疑った」しどろもどろに認めた。「はじめのうちは。近くの郡でマリファナ栽培のいざこざがあったし、それに、きみがここで何をしようとしているのかはっきりしなかった……はじめのうちは……」

自分の耳が信じられなかった。

「え、じゃあ──何？　これ、ランスのせいなのか？　僕のそういう噂を広めたってこと？」

やっとランスが目を合わせたが、眉をよせていた。その目は悲しげだった。

「わからない、ティム。言いふらしていたわけではないが、しかし……」

「そうなんだ！　それはありがとう！　本当にどうも」ティムは苦々しく言った。「じゃあ誰か、僕の苗が温室の床に散らばってる理由を説明してくれないかな？　ずっと影も形もなかった苗が？　つまり、これ一体どういうことなんだよ！」

ティムは床の大量の骸《むくろ》へ手を振った。虐殺された若苗たちを見ると心が張り裂けそうだ。つぎこんだすべての費用、すべての努力。自分がイカれたのか、それともひとつの種も育てられなくなってしまったのかと疑ったすべての時間。だが苗たちは育っていたのだ、どうやってか、どこかで。

それが戻ってきた──失われるためだけに。顔を殴りとばされた気分だった。

喉に声がつかえた。

「こんなこと、どうしてできるんだ……」

「ティム、どれほど申し訳ないか、とても言い尽くせない。この中のどれかはまだ大丈夫かもしれない」

　ランスの声は切羽つまって震えていた。

　ティムは彼にくるりと向き直る。

「あんただな！　僕がマリファナを育ててると思ったから種まきトレイを残らず盗んだんだ！　それで……僕をだまして……あんなふうに思わせぶりな……そんな――」

口を手で覆った。吐きそうだ。足元から黒い闇に呑みこまれる気分。この裏切りはなによりひどい――ランスを信じはじめ、好きになりかかっていたのに。

「そうじゃない」ランスが両手を上げて懇願した。「誓って違う」

「私なのよ」突然リリーが言った。「苗を持っていったのは私。悪気はなかったの、ティム。あなたとランスがすごす時間を少しでも長引かせようと……ずっと、苗は手つかずで返すつもりだったのよ」

　このふたりは間違いなくどうかしている。どういうわけかこの町を取り仕切っている、ネジの外れた親子。胸が締めつけられて、ティムは息ができなかった。もう一秒も耐えられない。

「出てってくれ。ふたりとも。ここから出てって、二度と僕に近づかないでくれ！」

「ティム、たのむから」

ランスの目は今や濡れていたが、それを見るとますます憎くなった。

「出てけ！　レンフィールドもつれて！　もう住む家がなくなる僕には飼えないから。それにあんたから何ももらいたくないし！　絶対に！」

温室のガラスが全部割れている以上、形だけのことでしかなかったが、ティムはリリーを、それからランスを温室から追い出して入り口をバタンと閉めた。レンフィールドがリリーの腕の中でもがいてキャンキャンと鳴き、ティムのところへ来ようとする。心が破れそうだったが、もう心なんて粉々だ。ティムは意地を張り通した。

「帰ってくれ、今すぐに！」

「片付けを手伝わせてくれ」ランスが打ちのめされた声で言った。「せめてそのくらいは……」

「断る！　わからないのか？　顔も見たくないんだ！　帰れってば、たのむから！　手下も全員！」

頭に血が上るあまり全身がぶるぶる震えて、ティムは入り口に背を向けると膝が砕けないようテーブルをつかんだ。だから、ランスと母親が去るところは見ていない。ただ車のエンジン音が去っていき、それから静かになった。彼方から悲しげな、胸をかきむしるような遠吠えが響いた。どうやら野生の生き物にとっても今夜はつらい夜のようだ。

温室の、空いた場所に崩れて、ティムは泣き出した。

だがいい大人はそんなに長くは泣き続けられないものだし、少しすると温室に落ちた若苗の、地上に上がった魚のように息も絶え絶えの様子に親心がうずいてたまらなくなってきた。

引き出しから軍手を取り出すと、ティムは仕事にかかった。

13　レスキュー・ドッグ

その夜、ランスは一睡もできなかった。保安官事務所へ戻って、臨場や犯人捜索に当たった部下たちからすべての詳細な情報を絞り出した。ローマンから連絡はない。

すべて自分のせいだ、そうわかっていた。マッドクリークに来てからティムの身に起きたすべての不幸は、ランス・ビューフォートが元凶だったのだ。

ティムの種がひとつも芽を出さなかったのも。

ティムの犬、チャンスが姿を消したのも。

麻薬組織がティムの家と温室に発砲して、夢の最後のかけらまで撃ち砕いたのも。

すべての責めはランスひとりにあり、その罪は額に刻まれている。あるいは心に。

どうしてこうも事態がこじれたのか、ランスにはさっぱりわからなかった。ひとつずつの選択はその時点では合理的に見えたはずだった。ランスはただ、うさんくさい新しい住人がマリファナを育てていないか責任感からたしかめようとしただけで、悪意や害意などなかった。〝チャンス〟の出現については——まあこれについては後ろめたいか。今ならランスにもわかる、あの頃からもう心のどこかでティムに惹かれていて、近づく言い訳ほしさにあんな真似をしたのだと。

そして、次は母親のやらかし——彼女がこそこそ何をしているか、もっと早く見抜けたはずだ。

ティムがマリファナを育てているかもしれないと、ランスが町中にふれ回ったわけではない。フレズノにいるサム・ミラーに電話で確認しただけだ。それとローマンに話した。それと、なんてことだ、自分の母親にも。

最低だ。

いくつもの合理的な——少々疑問符付きではあっても——ランスの選択が、ティムに壊滅的な災厄をもたらした。こんな自己嫌悪に襲われたことはない。

ティムを愛していて、ティムの力になろうとしていただけだというのが、何よりつらい。ともに生きていきたい相手にめぐり合うまで、こんなに時間がかかったのに。その未来も塵となった。

だがランスの犬は、いつまでも悲嘆に暮れていられる性格ではない。まず行動ありき、という本能の犬だった。

埋め合わせをしなくては。どんなことをしてでも。

朝の五時ごろ、ランスはデスクで眠ってしまった。誰かの咳払いで目を覚ます。はっと体を起こすと、デスクの前でローマンが軍隊ふうに直立不動の姿勢を取っていた。両足を広げ、両手は背後で組み、顔をまっすぐ前に向けている。ローマンの中にあるいくつもの感情がランスに伝わってきた――昂揚、決意、それにかすかな怒りと悔恨。

「起こして申し訳ありません」

ローマンの視線は前方に固定されていた。

「いや、来てくれてよかった。心配してたんだ」

「連絡を絶ったのは、犬の姿になった時に携帯を置いていったためです」

「だろうと思った。携帯は温室にあった」

ローマンの顎にぐっと力がこもった。

「はい。私は――申し訳ありませんでした」

「何がだ？」まばたきして、ランスはまだ眠気を払おうとしていた。「一体何が申し訳ない？」

ためらったローマンの、その心の乱れを見せるのはかすかな眉間の皺だけだ。だがランスはにおいでその後悔を嗅ぎ取る。

「町を守るという私の役目を、果たせませんでした」

低く、ランスは喉でうなった。

「いいか、ローマン。町を守るのはきみの役目ではない、俺の仕事だ」

「しかし私は、あなたからそれを託された」

「見回りをたのんだんだ、それがきみの役目だ。そしてきみは怪しい男たちを目撃して報告してくれた。リリーは銀の車を見たと言っていたが、同じ連中だろう？」

「そうです。昨夜発砲したひとりは、あの黒い車の中にいた男でした」

「だろう？　だから、きみは連中に気付いていたんだ。それを、何も違法なことをしていないうちは打つ手がないと言ったのは俺のほうだ」

ローマンはひるんだ。

「たしかに。しかし私は、連中のしたことを食い止められたはずでした」

「銃を持った三人だぞ。殺されてしまう。きみの行動は正しい、ローマン。昨夜何があったのか教えてくれ」

そこで、ローマンは話し出した。銃声を聞いた時、彼はティムの温室にいてランスと電話中だった。

「まず思ったのはリリーとレンフィールドのことです。彼女たちは家にいて、あたりにはほかに誰もいない。私は銃を携行しておらず、持っているのは狩猟刀のみでしたので、それを抜いて家へ近づきました。犯人たちの姿を見たが、向こうはこちらに気付かなかった。男たちは三人で、家めがけて発砲してから、温室へと向かった。私は犬になったリリーとレンフィールドが一緒に林の中へ逃げていくのを見て、ふたりは安全だと知りました。この時点で、私は……決断しなければならなかった」

「きみの衣服を家の裏窓のそばで見つけた」

「そうです。銃なしでは三人を止められない以上、行く先をつきとめるべきかと。リリーとレンフィールドも逃げ、誰の身にももう危険はありませんでした。しかし申し訳なく思っています。ミスター・トレイナーはこの被害に心を痛めていることでしょう」

「割れたのはガラスだ、元通りに直せる。それから？」

「私は犬の姿になり、家をぐるりと回りこみました。三人は私に気付きましたが、襲ってこないとわかるとそれ以上かまいませんでした。彼らが温室で発砲していた間、その車を見に行きました。ナンバーを控えてあります」

「よくやった」

「幸い、自分の車はもっと道の先に停めてありました。もし保安官たちが戻ってきて、姿を見られないほうがいい場合にそなえてのことです。車まで走ると人間の姿に戻り、尾行の準備をしました。黒い車の男には前に車を見られていますが、それはどうしようもなかった」

「そうだな。車の中には予備の服が？」

「はい」

ランスはうなずいた。裸で車を乗り回すローマンを想像せずにすんでありがたい。

「それから？」

「連中の車は私道から出ると、スピードを上げました。私は距離を取り、ライトを消して、彼らについて山を下りていきました。向こうは気付きませんでした」ローマンの厳格な顔を嫌悪がかすめた。「実際、41号線を行く間、一度も気にもしませんでした。彼らの車は少し蛇行していた。ハイなのか、ラリっていたか。注意を払いさえすればこちらに気づいたはずだ」

「きみがうまく立ち回ったからだろう」

「そう努力はしました。彼らを追ってコアースゴールドまで行きました。連中が土の道に車を停めたので、こちらも車を停め、犬の姿で追いました」

「いい判断だ、ローマン。それから？」

「コアースゴールドの外れに囲いがありました。道から離れた、古い家がひとつ。四台の車があり、発砲した三人のほかに五人以上のにおいが嗅ぎ取れました。裏手には何エーカーものマリファナ畑。道からは木々で隠れてますが、上空からならヘリで見えるはずです」

コアースゴールドまではここから車で一時間あり、ランスが目を配っている地域からはずっと外れている。マリファナ畑が近くになくてよかった。どのみち報告はするが。

「地図上の位置はわかるか？」

「はい、わかります」

ランスはデスクから立ち上がり、回りこんで、ローマンの肩を力強く叩いた。

「よくやってくれた、ローマン。この町を守るためにきみがいてくれて、とてもありがたい」

ローマンの喉仏が、ごくりと上下した。

「ありがとうございます」

今のローマンからあふれ出してくるものは感謝と愛情——群れとしての真の絆の目覚め。ランスも一抹の充実感を味わう。

だがたとえ、ローマン相手にどれだけ正しいことをしたとしても、ティムにしでかしてしまった過ちの前では何の意味もない。ティム。彼の愛する人間《ヒト》。


ティムは夜中の一時まで働きつづけた。幸いにも温室の天井の裸電球はその高さで銃撃を免《まぬが》れていたが、割れたガラスに反射する光は寒々しく、責められているようだった。

邪魔なところのガラスは掃き寄せたが、残りは放っておいて、ティムは苗に注力した。多くの苗が折れて手の施しようがないが、床からかき集めた土を空にした種まきトレイに満たして、まだ見込みがありそうな苗をすべてそこに移した。水と、心からの祈りを注ぎかけて。

若苗たちは、銃撃の前まではすくすくと育っていたようだ。誰かがこまやかな世話をしてくれていたのだ。そうであっても彼の苗だ。それが奪われて、ティムの手の届かないところにずっとあったのだと、それを思うたびに心が沸騰して怒りに張り裂けそうになる。ありえない異常事態。信じがたい。ランスとリリーはどうかしてる。

わかっておくべきだったのだ、あんなにいい男でしかも（A）独身、かつ（B）最初のデートでいきなり熱い心を誓う――そんな男がまともなわけがなかった。ランスがずっと独り身なのも無理はない。なのにティムはそのすべてが真実だと信じこみたいあまり……。

ボロボロでよれよれの気持ちが葬送曲のようにぼんやり回る中、ティムは傷みかけの根の土を払って、ぐらつく茎に手作りの小さな添木を当てた。至るところに積もった見えないガラスの破片のせいで指先に血がにじんできたが、それも無視した。

その夜、心身ともにへとへとになってベッドに倒れ込んだティムは、犬の群れに追われて襲われる恐ろしい悪夢を見た。犬たちの牙はガラスでできていた。


翌朝、ティムが目を覚ますと、大きなエンジン音がしていた。完全には起きていない頭で、マーシャルのそこそこ上流なご近所を回るゴミ回収車か荷物配送車の音かと思う。だがそこで、ここはサンタバーバラではないと思い出した。ここはマッドクリークだ。

がばっと起き上がる。何かはともかく、リンダの敷地に何かされているのだ。こみ上げる怒りの勢いでベッドをとび出すとジーンズをぐいと履いてスウェットを頭からかぶった。厚かましくてどうしようもないここの連中ときたら！　いいからそっとしておいてくれ――。

裏口からとび出したティムが見たものは、まばゆい朝の光に照らされて土を掘り返すトラクターだった。ティムがつっき回していたなけなしの地面を耕し、本当の畑に変えていっている。温室内には五、六人の人影があり、掃除中の様子で、オーバーオール姿の男が脚立の上でガラスの割れた窓のサイズを測っていた。

ティムは立ち尽くし、その光景を見つめた。

怒りはあった、だが……それでも……皆が彼の仕事を肩代わりしてくれるというのなら、それを追い返すだけの意地もプライドもない。人の情けを断る余裕なんかもうなかった。というか、ありがたさがじわじわと沁みてくる――中でも、地面を耕すトラクターの雄姿に。

それでもティムは仏頂面で腕組みした。

「コーヒーを持ってきた」

隣にランスがやってきて、町の小さなコーヒー屋のラージサイズのコーヒーをティムに手渡した。モカの香りだ、ティムが大好きだがなかなかそんな贅沢ができない一杯。ランスは、レニーの綱を手にしていた。子犬はたちまちティムの足めがけてとび上がり、プロペラのように尾を振り回した。いじらしいほど幸せそうだった。

ランスのことなら無視もできるが、子犬は……それは無理。ティムはしゃがみこみ、空いた手でレニーの耳をかいてやった。

「人にとびかかるのをやめないとな」と言い聞かせる。「新しい飼い主にちゃんと躾けてもらうんだよ」

ランスのほうを見るのも、もらったコーヒーに口をつけるのも拒んだ。コーヒーはすごく飲みたい気分だったが。

「聞いてくれ」とランスがそっと言った。「俺に怒っているのはわかっているし、当然だと思う。だがこの町はひとつの共同体で、誰かがつらい目に遭っている時に放ってはおけない。温室と家の割れた窓は俺にまかせてくれ、明日には新しいガラスが入る。リリーが片付け班を仕切っているし、そこの空地は耕して肥料を混ぜ込む。グローヴェナーが提供してくれた肥料だ。有機肥料だということだ。また、ルースがフランクリン家の温室からきみのと同じくらいに育った野菜の苗をよこしてくれた。それと、好きなところから種を買ってくれ、代金はこちらで持つ」

さすがに、ここでティムはランスを見上げた。まだ――それも深く傷ついていたし、ランスの凛とした顔を見るとさらに心が痛んで、この男に抱いてしまった夢を思い出す。ランスの助けなど断るべきだとわかっていた。だが、もうティムにはほとんど選択肢がない。それに、助けてもらったからって、別にまたランスや母親を信じる必要はない。そのはずだ。

「……ありがとう」やっと、そう絞り出した。「手助けはありがたいよ。でも、許したわけじゃないから」

「わかっている。もっと説明したいが、一段落つくまで……それと、きみがもっと落ちつくまで、待つよ」

（心が乱れているのはお前のせいだよ）

口に出しはしなかったが、ティムはぐっと顔をしかめた。

「こんなことしても無駄だけどね。何があったかリンダが知ったら、ここから追い出されるし」

「まあ、知らせなくてもいいんじゃないか。温室は前よりきれいになるし、家正面の丸太についた傷も直してもらっている。彼の話じゃ、見分けがつかないくらいに戻ると」

「でも言うべきだから」

（僕は、二人のような嘘つきとは違うから）

その気持ちを読んだかのように、ランスがさっと顔を紅潮させた。

「わかった、ならいい。なんなら保安官としてリンダと話をして、これが人違いで起きたことで、家のほうもきれいに片付いたと知らせよう。そう大したことじゃないと思ってもらえるように」

ティムは唾を呑んだ。真面目な男だ、と思う。それでランスへの不信がとけるわけではないが。空地の中央の地面を割っていくトラクターを見つめた。いかにも上等な堆肥を積んだダンプカーがやってくると、空地の端に車を寄せ、黒く輝く貴重な土の山をそこに作った。うわあ――あれは高価そうな肥料だ。

昨夜、ここに帰ってきてからずっと胸に据わっていた痛みが、わずかにゆるんだ。もしかしたら……もしかしたら、希望はまだあるかもしれない。

「苗の一部を植え直したんだ。全体の、四分の一くらいかな」

ティムはそう打ち明けた。ランスがここまでしてくれたのだ、せめてそのくらいは言っておこう。

「ああ、温室で見た。ルースもしっかり育ちそうだと言っていた。よかった……本当によかった」

ランスは心底ほっとした口調だった。だがティムのほうではまだそれを聞くのがつらい。

「手伝ってくる」

ぶっきらぼうに、そう言った。口をつけていないモカを握りしめて温室へと歩き出す。ランスから見えないところで飲もう。いいモカを無駄にするのはしのびない。

「レニーをここに置いていっていいか？」とランスが声をかけた。

振り返ると、男と犬はそっくり同じ表情で、食い入るようにティムを見つめていた。一途な、そばにいさせてほしいという顔。

「レニーは、今のところはここにいていいよ」とティムはひややかに言った。

ランスについては、まだわからない。

14　チャンスの願い

三日間、ランスはティムに会わずに待った。すべての窓枠にきらきらした新品のガラスがはめられるまで。ルースとガスとリリーが、ティムを手伝って畑に何列もの豆やレタスを植え、温室の種まきトレイ何十枚もに種を蒔き終わるまで。家の丸太の傷がきっちり埋められ、あの惨状の最後の名残が拭い去られるまで。

今度うまくやらなければ、もう次はない。あの痛手がティムに与えた傷が消えていくまで待ちたかった。

さらには、一途きわまりない心の底から、ランスは怯えきっていた。

「バカね！　両腕でヒョイッとだっこしてあの子をベッドにつれていきゃいいのよ」とリリーからは助言された。「そこで舐めて舐めて舐めまくるの。あんたのお父さんはいつもこの手でどうにでもなったわ」

ランスは呻いて、両親の親密なシーンのイメージにたじろいだ。無理だ。そんな想像、かけらもいらない。

だが正直、許されると思えればランスもその手に出ただろう。しかし違う、まずティムに謝らなければ。ふれさせてもらうのはその後だ――まだその時、望みがあるなら。

誠心誠意、ティムに謝罪しないことには始まらない。舐めまくる程度じゃ埋め合わせにもならない。


ドアを開けたティムは、ランスを見てもうれしそうではなかった。

「ダイナーのチキンを二皿持ってきた」

ランスはそう言って、袋をかかげてみせた。

「きみとじっくり話がしたいんだ。だから、車内でひとりで食ってこいとは言わないでくれると助かる」

ジョークは不発だ。少なくともティムは無反応。一瞬してから、ティムはドアから下がった。

ランスがついてきたかどうか見向きもせず、ティムはキッチンへ入っていった。夕食に食べようとしていたところなのか、キャセロールの皿の上にアルミホイルを戻す。それを、物が詰めこまれた冷蔵庫に戻した。

「みんなが持ち寄ってくる分を全然食べきれなくて」とぼそっと言った。「いくらかは冷凍してある」

「よかった」

リリーも彼と同じくらい罪悪感を抱いているのだと、ランスは知っている。そしてあの母は、謝罪がわりに料理をしまくる料理名人なのだ。これぞ太古の昔から変わらない。

「で、言いたいことって何？」

無愛想に聞きながら、ティムはランスに挑戦的に向き直って自分をかばうように腕組みした。

「まず食べないか？」とランスはカウンターに袋を置く。

「気分じゃない。ふたりでお食事という気にはなれないね。さっさと終わらせよう」

とがった言葉と裏腹に、ティムの奥深くには、切ないくらいの求める思いがたぎっている。それがランスには感じとれた。まるでごみ捨て場でいじめられてきた野良犬のように、近づく相手に牙を剝きながら、誰かの優しい手を焦がれるほどに待っている。

ランスになけなしの勇気が生まれた。

「それじゃ、そうしよう。どういうことだったのか、いきさつを説明しに来たんだ」

「どういうことかはわかってるよ」

ランスは首を振った。必要以上にやたらと大きな動きになった。緊張に呑みこまれそうで、身の内ではランスの犬が不安で右往左往している。それをぐいと押さえつけた。

「こっちの事情は知らないだろう。俺は、自分が時々無遠慮で頑固で、やたら過干渉になってしまうのはわかっている。今回、事態の扱いにしくじったのもわかっている。だがきみを傷つけるつもりはまるでなかった」

「つもりがないのに、あれだけ見事にやられたら、何を言われても信用できないね」

ティムが鼻でせせら笑った。

そのとおりだ。ランスは溜息をついた。

「聞いてくれるか？」


そんなつもりはなかったんだ――そう言われて、ティムはこれまでくり返しくり返し相手を許してきた。人生ずっと、そうだった。だからいくら気持ちがほだされても、今回ばかりはそんな道化者になるつもりはなかった。

ランスを許したいし、その腕に抱きしめてほしいし、誰かから――たとえ一瞬でも――愛されていたと思いたい。皆が手を貸してくれて、彼のためにと物や食事まで恵んでくれて、それだけですべて許したくなる。ティムは一切何も払ってないし、ほとんどの費用はきっとランスが個人的に持ってくれているのだ。

だが、このパターンはおなじみだ。ティムの父親だって優しくもなれれば反省してみせることもあった。父はティムに〝血のプレゼント〟を――ティムがそう名付けたのだ――買ってくれたりもした。金で、折った骨の償いになるかのように。その先にはさらなるブチ切れと暴力、そして優しさアピールが続くだけだ。その堂々巡り。ティムは二度とあんなふうに、次は何をされるのかとビクつきながら生きるつもりはなかった。

「さっさと話せば」

ティムはそう言いながら、ランスが何を言おうと大きく差し引いて聞こうと心を固めた。

「座らないか？」

「立ったままでいい」

ガードをゆるめるつもりはなかった。

ランスはうなずき、それを受け入れて、眉の上を手で拭った。

「初めてダイナーで君を見かけた時、きみは園芸用の土や資材のことをたずねていた。そして……きみからはマリファナのにおいがした。近ごろ、この山脈の中でマリファナ栽培業者同士の争いが問題になっているんだ。マーセドの近くでも、数ヵ月前に撃ち合いになって死者が三人出ている。だから俺は警戒していた。この町では何も起こさせまいと」

ああ――アレか、途中まで乗せてやったヒッチハイカー！　マリファナのにおいをぷんぷんさせてた……。ティムは黙っていた。

「それで……ダイナーの後、俺はきみに目を光らせておくことにした。何をするつもりなのか、念のためにたしかめようと。それでまず、きみのところに行ってみると、きみは俺に温室の中を見られたくないかのようにドアを閉めた」

その日のことがティムにもよみがえってくる。バラの種。内心、呻いた。

「それに、きみはティモシー・トレイナーだと名乗ったが、家主のリンダ・フィッツギボンズに確認を取ったら、家はティム・ウェストンに貸していると言った」

「ああ、それ……！」

ティムはキッチンの小さなテーブルへよろめき、椅子にぐったりと崩れた。

ランスがじっと、口をとじて待っている。

「僕の名前は、ウェストンだ。トレイナーと言ったのは、ほんとにバカな、とっさの思いつきで」とティムは自分にあきれながら認めた。「サンタバーバラの会社を辞めたばかりで、その社長がほんとにいやな奴で……あいつに見つかりたくなかったんだよ。トレイナーっていうのは母さんの旧姓なんだ」

「よくわかった」ランスがおだやかに言った。「とにかく、それを根拠に、その時点で俺はきみが何かたくらんでいるんじゃないかと警戒を抱いた。それで、フレズノの警察に電話をかけた。研修で会ったことのある麻薬捜査班の男にだ。きみの身元確認をたのみに」

ランスの声が苦々しくなって、ティムはつい顔を上げた。

「きみがマリファナを育てているという噂は、その男から、少なくともその警察署内から出たものだと思う。麻薬組織の息の掛かった誰かが内部にいるはずだ。これは起きてはならないことだった、ティム。どれほど悔やんでいるかとても言葉では足りない。だがどこから話が漏れたのか必ずつきとめると、誓う」

ティムはうなずいた。今の説明は筋が通っていたし、ランスはこの成り行きに憤っているようだ。だがやはりティムの心はまだどこか麻痺していた。

「うん。……それで話は全部？」

ランスが溜息をついた。「いや、まさか」

また顔を拭う。彼は打ちひしがれて見えた。無意識に手が上がって、耳をかく。ティムは待った。

いきなりランスが深いうなりを洩らし、ティムのうなじがぞくりとした。

「俺は、まさか母親が種のトレイを取ったなんて知らなかったんだ！　わかった時には唖然とした！　あんなのはやりすぎだ……だが母も悪気があってやったわけじゃない。あれは母が……母が俺に……その、俺が言ったんだ、芽が出てきてそれがマリファナじゃないとたしかめられたら、もう——もうここに来る必要はないと。その、きみにかかわる必要はなくなると。母は俺たちをくっつけようとしてたんだ、ティム！　だから、きみが何を育ててるかわからないかぎりはと——」

ランスが焦れた息をついた。

「……母さんがしでかしたことを知って、すぐ俺は苗を戻させた。だから町の外のディナーに誘ったんだ。その時間で苗を戻せるように。うまくいくはずだった！　ところがそこに連中が銃を持ってきて……それで俺は……なにもかも——あれは俺のせいなんだ、根本的に。本当にすまなかった！」

　ティムは話についていこうとしながら、まばたきした。ランスはごく真摯だったが、その言葉がぐさぐさと胸につき刺さる。つまりあのデートはすべて、ティムを家から引き離して、その間にこっそりしのびこんだリリーが盗んだ苗を戻すための芝居だったのか。わあ。最高だ。ティムはあの車の中でランスといちゃついて、甘い言葉を信じこんだのに。こんなの本当に最低だろう！　それに大体、苗に関するランスの言い訳だって穴だらけだ。この一、二ヵ月がティムの脳裏をよぎっていく。

「それ何の話？　僕をこそこそのぞいてたのか？　森の中から？　だってあの、お母さんのところのパーティの夜までほとんどお互い話したことすらなかったじゃないか！　あの時にはもう僕の苗はずっと行方不明だったんだぞ。それでどうしてお母さんが僕らをくっつけようとかそんな気になるっていうんだ？　大体、自分でも言ってたろ、僕は一種の容疑者だったって」

　話が支離滅裂だ。

　ランスの顔にはおかしな表情が浮かんでいた——すくんでいるような、恥じ入っているような、そして……どこか子犬のようなすがる目——？

「俺は……」ランスが溜息をついた。「母さんは……リリーは、思いつきで……」とまた溜息。

それだけだ。ランスの言い訳はどうやらこれで全部。ティムは苦い失望感を嚙みしめていた。ああもうなんてことだ、自分でも認められなかったくらい、ランスに説き伏せられて、納得したかったのだ。馬鹿だ、なんて馬鹿だったのだ。そんな望みの報いにつきつけられたのは、あの夜のデートは下らない芝居で、ランスはろくな嘘もつけないという事実だけ。いつになったら学習する？　怒りと痛みがティムの全身にたぎった。

いきなり、すくっと立ち上がる。

「もう帰ってくれ」

「ティム、たのむ」

ランスが懇願した。鼻がヒクついている。

「やだ。本気だよ、出てけって、今すぐ！」

ランスはその言葉に打ちのめされたかのように目をとじた。顔がぐしゃぐしゃに歪む。

ランスのその反応——怒りよりも嘆き——がティムに引き下がらないだけの勇気を与えた。ぐいとランスの腕をつかんで立たせると、ドアへ向かってつかつか歩き出す。これ以上誰かに踏みつけにされてたまるか！

「ティム！　俺はきみが好きだ！　もう始めのころから——リリーはそれを知ってたんだ！　だから——」

「出ていけ！」

「俺はうまく説明――」ランスの声が割れた。ハッハッと喘ぐ。「フッ、できていないが、もう少し――」

玄関のドアまで来ていた。ティムはぐいとドアを開け、ランスを見ないまま、外へ押し出そうとした。うまくいかない。次に腕をつかんで引っぱろうとしたが、八十キロの鉄塊を相手にしているようなものだった。困惑して、ティムはランスの顔をのぞきこんだ。

ランスの口はかすかに開き、ハッハッと強く喘いでいる。その目は驚きに見開かれ、全身が硬直していた。

「出てい……って？」

命令のつもりの言葉が、ティムの口の中でうやむやになった。

「お願いだ――俺は、ただ、た、た……アオオオォン！」

ランスは頭をのけぞらせて声を立てた。これは一体？　まるで犬の遠吠えそっくりだ。ティムの背すじがちりりと凍って、膝から力が抜けかかる。怒りがしぼんで純粋な恐怖に変わっていた。

「ラ、ランス？」

「アオ、アオ、アオォオオ！」

ランスの首はのけぞったまま、体がきつくこわばっている。体の横で白くなるほど拳を握りしめ、まるで何かに必死で抗っているかのようだ。胸が苦しくなるような叫び。聞いたこともないような絶望の響きだった。心が引き裂かれた、その純粋な痛み。

ティムの目の前で、ランスの頭髪がいきなり濃く、長くなり、一日分のひげの剃り跡がさっと黒ずんできた。まるで早回しのように。

ティムは声もなく後ずさった。なんだ、これ。

ランスがゆっくりと喘ぎながら、顎を引いていく。その目はかすみ、狼狽していた。

「す、すまない、俺は――」ハア、ハアと喘いで「きみに言わないと……チャ、チャンスは――チャンスはァアアアア！」

ランスの言葉は悲痛でか細い吠え声に変わり、表情からするとランス自身それに怯えきっているようだった。

夜の中へ出ていこうとするようにさっと頭をドアへ向けたが、一歩と行かないうちにまた全身が硬直した。啼《な》き声を立ててくるりと身を翻し、家の奥へと駆けこんでいく。一瞬後、バスルームのドアが勢いよく閉まる音がして、ティムはとび上がった。


バスルームの鏡を見つめてランスは自分の犬の本能に抗《あらが》った。その本能が、一度もなかった形で彼の肉体を変えつつあった。

ランスは苦しくて、だから犬も苦しい。犬は、ティムの言葉をそのまま受けとった。捨てられると、寒い外にしめ出されると。そして犬はこの家を去るのを拒否した。自分のつがいのそばから離れるのを。

それがわかっていても、理性を突き崩して犬が表に出てこようとしているこの事態に、ランスは凄まじい衝撃を受けていた。この間は眠っている間に人間に変身していた――あれですら恐ろしいのに、今のランスは完全に覚醒しているのだ。

シンクのカウンターに手を置き、荒く息をついて、心を鎮めようとする。シャツの背中がびりっと裂ける音がして、床で四つ足になりたい衝動に呑みこまれそうだった。

（駄目だ！）

隠したい、というわけではない。心の底ではずっと、いつかはティムに打ち明け、真実を見せなければと思っていた。だがこんな形では。ティムが怒っているうちは。説明もせず、ティムに何の心構えもないうちは。こんな見せ方はまるで、友達が石の下敷きになった後で「落石注意！」と叫ぶのと同じだ。

いやそれどころか、このままでは警告すら出せなくなる。そりゃそうだ、犬になっちゃ無理だ。

ティムがドンドンとドアを叩いた。

「ランス？　どうしたの？　誰か呼ぼうか？」

怯えた声だった。

犬のことを知った時、ティムに怯えてほしくない。こんな形ではまずい。鏡を見ると、そこにはチャンスの目があった。ティムは、ランスとチャンスの目がそっくりだと思っているが、本当は全然違う。チャンスの目は誠実で、情愛に満ちている。

まるでランスの胸の中で心臓がふくれ上がり、人間という殻を、ランスの持つ傷を超えてはじけていくようだった。チャンスの心は、そんな殻からも傷からも自由なのだ。

もしかしたら、犬が一番よく知っているのかもしれない。ずっと前からわかっていたのかもしれない、ランス・ビューフォートはただ物事をややこしくするだけで、うまい仕種も言葉も無理だと。ティムと最初につながり合ったのはチャンスだったのだから。もう一度、その純粋な本能にすべてゆだねて、チャンスを信頼すればいいのかもしれない。

肩と背の骨が不意にバキバキと折れたかのような大きな音を立て、動き、一気に変化を始めた。まるでランスの肉体が、意志が傾くその一瞬をただ待ちかねていたかのように。すでに毛が覆いはじめた手でベルトの前を外す。その間にも親指が縮んでいく。自力でできるうちに服を脱がないと。

「ランス！」

ティムが、すっかり怖がって叫んだ。骨が鳴る音が聞こえたのだろう。

(怖がらなくていい、愛してるよ——くそう……)

服を引きはがしながらもランスは必死に言葉を探した。最後の望みをかけて。

「俺が……俺が、チャンスだ。チャンスになって、きみが、い、いったいなにをしようとしてたのかと――アオン！」

指がバキボキと獰猛にねじ曲がり、巻きこまれ、爪が固く長くのびる。喘ぎ、言い終えようと必死のランスの声がうなりへと変わっていく。

「そんな……傷つけようとは……ただたしかめようと――チャンスは……きみに恋をしたんだ。おれもきみに恋をした――オオォオオン！」

そして言葉は途絶えた。

（おれもきみに恋をした……）

ティムは自分の耳が信じられなかった。俺が、チャ、チャンスだ。き、きみに、恋を、し、した。

彼の脳はその言葉を笑いとばすこともできず、持ち前の猜疑心《さいぎしん》すら麻痺したままだ。それよりも、ほかの音に気を取られていた。

骨が折れる音。うなり声。苦しげな啼《な》き声。

（ランス……うわ、ランスがチャンス？　今、そこで変わっていってる？　苦しんでる……）

喘ぎが聞こえる。犬のつらそうな喘ぎ。そしてまたあのバキボキという音。

「ラ、ランス？」

ティムは茫然自失の状態だった。鼓動は激しく、両手が汗ばんでいる。ドアノブをつかんだが、とても開ける勇気がない。

こんなのありえない。だが一番どうかしてるのは……そこまでおかしな話じゃない、ということだった。本当に。いくつもの奇妙な出来事が、竜巻で飛ばされてきたカエルがドサドサ落ちてくるように、すごい勢いで腑に落ちていく。チャンスがあれほど理知的にふるまったわけ。犬の遊びを最初のうちは嫌がり、ドッグフードに口もつけなかったわけ。馴れ合いをきらい、はじめの数週間はティムのベッドで眠ろうとせず、毎朝姿を消していたわけ。

（いなくなって当たり前だ、ランスは日中、働いていたんだから……）

しかもチャンスのあの青い目。ランスの目と、その家族全員そっくり同じ色の目。濃い、黒い毛。ああそうだ、ランスの耳にある痣はまさにチャンスの耳の斑点と同じ位置にある。ランスの黒い胸毛にあった白い斑点も……ランスの風変わりな、思いつめたように見つめる一途《いちず》なまなざしも。

それとリリー！　じつに初めて、リリーのいきなりの訪問やティムへの興味、チャンスのことを知っていた様子に合点《がてん》がいった。

そう、チャンスはティムがランスとパーティで時をすごしたあの夜からいなくなったのだ。その失踪に、ランスはすっかり心を痛め、リリーは本気で怒っていた。そしてランスはティムに子犬を見つけてきて、チャンスが戻ってこないことをほとんど申し訳なく思っている様子で……。

（まさか、現実に、こんな……）

だが否定の言葉は、ティム自身の頭の中でさえ空虚に響いた。チャンスは特別な犬だと、わかっていたはずだ。普通の犬じゃないと。ランスも特別だ――ほかの誰とも違う。ランスが車の中でしてくれた誠実な約束を思い出していた。ごまかさず、普通の男のような気軽なセックスへの興味も見せなかったランス……。

ティムの心の一部が叫び出していた。そうだ、彼がチャンスだ！　あまりにもすべてのつじつまが合う。

耳をすまして、何か、自分が正気を失ったわけじゃない証拠を聞きとろうとした。バスルームからは静寂。そこに苦痛の啼き声がして、床にドサッと、やわらかく何かが倒れる音。そんな。

「やめてくれ」ドアに額を当てたティムの全身が震えた。「そんなことしなくてもいい。お願いだから。苦しいならやめて。どうか……」

ひたすら耳をすますティムに、まだもう少し――というような喘ぎだけが聞こえた。それから、何かが動く音。カチャカチャとドアをひっかく音。犬の爪で。ワン、と優しく、熱のこもった吠え声。

（チャンスの声……）

目の前がかすんで、ティムは目をとじた。胃がひっくり返ったようで、膝は今にも砕けそうで、心を熱いものが満たしていく。ドアがなければ体を支えていられない。

向こう側から、またドアが引っかかれた。畏れと切望と期待と怯えでいっぱいになりながらティムはドアノブを回して、ドアを開けた。

ランスの服がバスルームの床に散らばっていた。シャワーブースの小さな窓は閉じたまま。そして床の上に、傷ひとつなく、だが不安そうに座っていたのはチャンスだった。

その目はティムを見つめて、待っていた。賢い目。情愛たっぷりの。哀しそうな。覚悟のまなざし。

ティムは、己の目を拭った。

「こんなの、ほんと、どうかしてるよ。そうじゃないか？」

そう、涙ぐんだ声で、ティムは話しかけた。

ワン、とチャンスが一回鳴く。まったくだ。

膝をつくと、ティムは両腕をさしのべた。腕の中にチャンスがとびこんできた。

15 つかまえてごらん！

「どうしてチャンスとランスの両方と一緒にごろごろできないんだ？」

ティムが文句を言った。

ふたりはカウチでよりそってくつろいでいた。ティムがチャンスとよくそうしたように。ただランスはまた変身して、元の服をまとっており、ふたりとも人間の姿で足を絡ませていた。

「それは……そう都合よくはいかないから、かな？ きみがソファでこうやって俺とごろごろしているのと同時にキッチンでポップコーンが作れないのと同じだ。とても残念な話だ」

ティムの影響で、ランスはすっかりポップコーン好きになっていた。

ティムがふんと息をつく。

「でもどうして無理なわけ？ だってこの状況、空母がぷかぷか宙に浮かんだっておかしくないくらいの妖精オーラにあふれてるのに」

内心、ランスは笑いそうだった。

「それは、俺が同時に両方にはなれないからだな」

「チャンスに会いたいのにな。ほんと世界一フカフカの毛皮だよね。でも人間の形のランスにもいてほしいし」

「人生うまくいかないもんだな」

ごく真面目な顔でランスは言った。だが本音はまるで逆だ。人生は最高だ！　心が喜びで浮かれ騒いで、それこそ宙に浮きそうな気分だった。妖精オーラとはよく言ったもの。

ティムは真実を受け入れてくれないだろうと、心の底ではあきらめていた。たしかに町には人間とつがいになったり結婚したクイックもいるし、相手の人間は事情を受け入れて秘密も守ってくれている。だがランスは、ティムは無理だろうと思っていた——あれだけの大惨事をランスが引き起こした後では。

「でもこの姿にもいいところがあるぞ」

ごろりと体を返すとランスはティムを組みしき、首筋に顔をうずめて、大地のような深いにおいを強く吸いこんだ。天国。

ひげ痕がくすぐったいのか、もがいたが、ティムは離れようとはしなかった。ランスの首に両腕を回し、もぞもぞと体をひねってランスがしっかり覆いかぶされるようソファで仰向けになる。首筋に頬ずりされて舐められる間、ティムは長い、力強い指をランスのうなじに回していた。

いきなり、好奇心にあふれた顔でランスを押しやる。

「あれって痛いの？　変身する時？　なんか痛そうな音だったけど」

ランスは溜息をついた。

「ああ。だがなんと言うか……一番ひどい部分は意識がとぶ。ふっと気が遠くなって、戻ってくる感じで」

「そう聞くとおっかないね」とティムが眉根を寄せる。

「たしかに、はじめのうちは。正直言うと俺はあまり変身はしない。仕事を始めてからの何年かは、まるきり。だが群れの皆は月に一度〝月吠えの夜〟に集まって姿を変え、走り回って遊ぶ。クイックの多くがそれで若さを保てると信じている」

「クイック？　そう呼んでるんだ。これどういう仕組みなわけ？　世界的な犬の秘密同盟みたいなもの？」

　疑問が山積みなのは当然だろう。ただランスとしては質問タイムは後回しにしたい。失う寸前まで行った反動から、今はティムの感触とにおいに飢えていた。鼻をいたるところにうずめて嗅ぎ回りたいし、ティムが本当にここにいると、自分のものだと実感したい。だがそこをぐっとこらえて、真面目な答えを返した。

「いいや、ヒトに変身できる犬はとても数が少ない。実のところ俺たち自身、科学的にどういう仕組みなのかは知らないんだ。マッドクリーク出身のジェイソンという男がいて、遺伝学の博士号を取っているが、今はどこかの研究所で仕組みを解明できないかと研究している。俺たちにわかっているのは、犬が――普通の犬が、クイックになることがあるということだ。我々はそれを〝種火《スパーク》〟を得る、と呼んでいる。犬が、特定の人間ととても深い絆を結んだ時に起きることだ。その絆が長い時間をかけて犬の中の何かを呼び起こし、やがて姿を変えられるように……ある意味、次の段階への進化が起きる」

もっとくつろげるようにか、ティムが体勢を変えた。真剣に聞き入っている。

「それで？」

「いったんそうなると、その犬の子孫も大体はクイックとして生まれてくる。俺の家系は三代前からこの地域で暮らしている。元々ここには人間の一家、モファー家が住んでいて、広い土地で羊を育てていた」

「モファーって名前、町で見かけたよ」

「ああ、まだいるからな。とにかく、一家は牧羊犬も育ててたんだ。ボーダーコリーを。そして一家の人々と犬たちはとても仲が良く、支え合っていた。犬たちと人間たちが何世代もの絆で結ばれ、常によりそって暮らしていたんだ。コリーの中では俺の高祖父が初めてクイックになった。さらに、その兄弟ふたりも。俺自身はこの形質を持って生まれてきた。母さんと父さんも生まれつきのクイックだ」

ティムは目をほそめて考えこむ。ニコッとした。

「これほんと、世界一すごい話だよ！　じゃあ人狼もいるの？　吸血鬼も？」

ランスはあきれ顔をしてみせた。

「吸血鬼を見かけたことは今のところないな。人狼はただの伝説だろう。狼は野生の獣だ、ほかのものになりたがる欲求も必要もないだろうよ。俺の知るかぎり〝種火《スパーク》〟を得られる動物は犬だけだ。犬が人間によって何千年も交配され、人間に順応して一緒に暮らしてきたせいじゃないかとは思っているが、さっきも言ったようにその仕組みはさっぱりだ。俺たちはただ、状況に現実的に適応しているだけで」

「現実的！」

最高におもしろい言葉を聞いたかのようにティムがけらけらと笑い出した。

ランスは、それをキスで黙らせる。そのキスが段々と乱れて熱っぽくなってきた時、ティムがくすくす笑って顔を離した。

「たしかに。僕はかなり怪しく見えたかもね」

ランスがふうっと息をつく。

「俺との初対面の時、ひどくビクついていただろう」

「実は男性的権威ってやつを前にするとちょっぴり緊張しちゃうんだ」

「ほう、そいつは全然気がつかなかった」

「そっちだっていつもじっと、すごい目で見つめてきて——あっ、そういうことか！　やっとわかった！　ボーダーコリー！　羊を見張る犬だよね？」

ランスは溜息をついて、目下のイチャイチャはあきらめることにした。横向きに寝そべると、いつもティムの顔にかかるやんちゃな茶色い髪をもてあそんだ。このモサッとした髪が好きだ。

「慣れるまで少し時間がかかるだろう。群れの中には、話を聞けるほかの人間もいるぞ。ビル・マクガーバーもそのひとりだ。獣医の。クイックのジェイン・マクガーバーと結婚してる。ジェインと恋に落ちるまで我々の存在も知らなかった。きっと参考になる話が聞ける」

ティムが、大きな目でランスを見つめた。

「じゃあ犬は、もしかして、一生同じ相手に尽くすとか？」

「クイックだ」とランスは訂正する。「ああ、ほとんどのクイックが一生同じ相手とつがいでいる。一度結んだ絆は、切るのはほぼ不可能だ。俺たちはとてもとても、忠実なんだよ」

「じゃあ……僕がバカなことをしでかしても、救いようがなくても、ぶくぶく太ったとしても……嫌いになったりしないってこと？」

うなりそうになった自分を、ランスは小鼻をふくらませてこらえた。軽い調子をよそおった言葉以上に、ティムの全身から自信のなさがにじみ出ている。自分に価値などないと誰かに思い込まされてきたのなら、ランスはそれが我慢ならない。ティムの不安を消してやりたいし、ありのままの自分を受け入れたティムが見たい。きっと、いつかは。

「ならない。俺は、永遠にお前を愛する」

きっぱりと、ランスは言い切った。

ティムの昂揚が、ふっとやわらかな何かに溶けて、彼は片腕と片足をランスの上に投げかけてじっと見つめた。

「僕も、ランスに恋に落ちたんだ」と静かに言った。「つまりさ、チャンスのことが本当に大好きだった。あの心が。そのチャンスが実はランスだったなんて、こんなの……こんなの、でっち上げようったってありえないくらい最高！」

「そう思ってくれてうれしいよ」

ランスの声はかすれていた。

ティムは少しの間、じっと考えこみながらランスのシャツを握りしめていた。

「何がおかしいって、ほんと……あの夜、車の中で僕に言ったよね？　いつか僕がランスを信じられる日が来るって。でさ、今回のことで一度も、絶対、ランスは僕に対して怒らなかったよね。あの銃撃の夜でさえ、怒ってはいたけど、それも僕にじゃなかった。僕から外に閉め出されて無視されていた時でさえ、脅しつけようとしたりしなかった。手を上げるとか、そんな気配もなかった。ただ悲しんでいただけだ」

その言葉にランスは心を引き裂かれそうだった。

「ああ……ティム、決して傷つけたりしないと言っただろう。たとえどんなことがあっても」

「うん……信じてる、よ?」驚いた様子だった。「あのね、チャンスだってわかって、本当にすごく信じられるんだ。ひとの心には――誰でもなにか、外から見えないものがあるんだよ。ね？　それが怖いものなんじゃないかって、僕はいつもビクついてるんだ。父さんの心に棲みついてたすごい怨念みたいに……だから誰にも近づかないようにしてた。でも今は、もうランスの中に何がいるのかわかってるし、それが怖いものじゃないのもわかってる。こんなに素敵なことなんてないよ」

ランスは胸がいっぱいで、言葉が出なかった。だからかわりにまたティムにキスをした。今回はティムも熱烈なキスを返し、ガムテープかタコかというくらいにランスにまとわりついてきて、あやうくふたりしてカウチから転げ落ちかかった。ランスが床に手をついてそれを防ぐ。

「じゃ、そろそろイチャついてもいい頃かな？」

ティムがそんなことを言いながら、おもしろがって床のほうへ体重をかけ、一緒に転がり落ちようとする。

「ケガするぞ」とランスはうなった。「続きは寝室でするのはどうだ」

「それって命令、保安官？」

思わせぶりに、ティムが眉を上げてみせた。

「命令だ」察したランスは軽く凄んだ。彼の内側で、チャンスがピッと耳を立てて遊ぶ体勢に入る。「ベッドに行け。今すぐ、裸で！」

ティムが楽しげに笑うと、とび上がり、言われたとおりに走り出した。そしてランスは——無論——それを追いかけたのだった。

ティムは走りながら、ランスを足止めできないかと服をぽいぽいと放り投げた。狙いどおりつられたランスがいちいち足を止めて服を拾い上げ、ティムを見つめながらにおいを嗅いだ。暗い光がともった目は欲望に黒ずんで、空色がほとんど紺に見える——そこには約束が満ちていた。ティムはその実現が今から楽しみだ。

ランスが獰猛になるだけティムは何だかくらくらしてきて、体の中の情欲と笑いが高まり、叫びたいのをこらえているようだ。本当にランスのことを信じているのだ——と実感する。さっきそう口にはしたものの、言葉はただの言葉だ。今ランスに追いかけられながら安心しきっていられたり、何にも怯えずに自分の望みが口に出せたりする、これこそ現実。

最後の一枚を脱いだ。下着を。ランスの熱いまなざしだけでしっかり勃起していた自分にちょっと感心する。

じりじりとランスが迫ってきて、ティムは寝室の壁に貼り付いた。

「うん、じゃあ、わかった」もう精一杯になって口走る。「降参だ。抵抗なし。だから——」

ランスがさっと最後の数歩をつめ、頭を下げた。一瞬、頭突きされるのかとティムは奇妙なことを考える。だがランスは、ティムの腰回りをつかんでひょいと肩に担ぎ上げた。

強い！　ティムは重くはないが、ランスより背は高いのだ。そのままベッドに放り出しはせず、ランスはただティムを担いで立ったまま、下腹部に顔をうずめてクン、と深く息を吸いこんだ。

「えっ、うわっ」

腹の辺りをランスの鼻と舌がくすぐっていく間、ティムはランスの背中にしがみついてバタバタしないようにこらえた。くすぐったいはずなのに、どうしてかすごく気分が盛り上がる。ティムの屹立がランスの胸板をつついた。クンクンともっと深く嗅ぎとりながら、ランスはティムの腰をひねり、太腿のつけ根が自分の顔の前にさらけ出されるようにした。

うひゃっと小さく叫んだティムは、落ちるんじゃないかとランスの腰のあたりをつかんだが、がっちりと太腿を支えられていた。ティムの重さなどものともせず、ランスは世界一素敵な場所を見つけたようにその股に顔を突っ込んだ。ティムの屹立が物欲しげに頬をかすめる。

「あっ、えっ」

喘いで、ティムはきつく目をとじた。スパイダーマンのシーンのもっとずっといいバージョンのようだ。男の背中にほとんど逆さまにしがみついて舐められたり頬ずりされたりするのがこんなに気持ちがいいなんて、誰が思う？　ランスのその力強い貪欲さ、ティムの中心部へのむき出しの興味、されるがままにそれに身をゆだねるしかなく――。

それにしても、この様子じゃ一日中においを嗅がれていそうだし、もうちょっと色々したい。

「ランス……」とねだった。

伝わったのか、ベッドに投げ出されていた。ティムはランスに両手をのばしたが、ランスは腕をついて距離を残したままだった。

「大丈夫か？」

ティムにたずねる。目は情欲にけぶっていたが、もしここでティムが行きすぎだと言えば、あるいは困った顔をすれば、ランスはすぐに優しく甘やかしてくれるのだろうとわかる。全然大丈夫だが！

「もっと」とティムはねだった。「全部、もっとたくさん。いや服だけは別、それはもっと少なく」

ランスは言われたとおり、せっせとシャツを頭から抜いて放り投げた。靴を蹴り脱ぎ、ズボンをはぎ取り、パンツと靴下をまとめて下ろす。

およそ初めて、ティムの前にランスが全裸で立った。引き締まった全身。太腿、上腕、それぞれの筋肉の盛り上がりがはっきりわかる。しかも腰骨のあたりから下へと、ギリシャ彫刻やモデルにしか見ないようなあのそそるV字型の筋肉がついていた。胸の毛は濃く黒いが、愛らしい白い斑点がひとつあり、黒い毛のすじが、目をみはるほど太く張りつめたペニスまでつながっている。ああ神様ありがとう。

「すごい……」とティムは囁いた。

ランスがニヤッとすると、またとびかかってきて、鼻と舌をティムの胸に散々這わせてから、鼻を腋の下に（！）つっこんできた。

もともとティムは自分の体にちょっと自信がない。どちらかと言えば痩せぎすで、筋トレとかも全然だ。だがランスはすっかり夢中になった啼き声を喉から立てると、うっとりと鼻を擦り付け、最高の美味のようにティムのにおいを嗅ぎまくっていた。くすぐったくなったティムが笑いながら脇からランスの頭を押しのけると、次は股間に顔をつっこみ、睾丸の裏に鼻を突き入れて、においの濃いところを舌でむさぼった。

「あ、ん……」

ちょっとヤバそうなくらい欲情して、ティムは喘ぐ。睾丸をランスが鼻と舌で刺激してから、屹立を舐めて深くくわえこみ、しまいにティムは爪先を快感に引きつらせてランスの肩に爪を立てた。

最高の気分だったし、まだまだこれから熱烈に研究していきたい分野だが、それでも今、ティムはこのままイカされたくはない。

「ねえ——あの最中に、僕の首を嚙む？　そしたら一生の絆を結んだってことになる？」

たずねた声はほとんど懇願のようだったが、気まずく思う余裕もなかった。

ランスが笑って顔を上げた。

「その手のことは俺たちはしないぞ」

「そうなんだ……」

残念。

小首をかしげて、ランスがティムの表情を眺めた。

「ただし――お前がそうしてほしいなら別だが……？」

やったぞ！

「ランスがやりたかったらやってもいいよ？」

ランスの顔に邪悪な微笑が浮かんだ。

「ほう？　たとえば……ここと か？」

力強い手でティムの太腿をつかんで尻をぐいと上げ、尻の割れ目に深々と鼻を突っ込んだ。そっと舐め上げられたかと思うと、今度は強めの舌で穴をたどる。優しく歯を立てられた。

「あっ」

ティムはシーツをつかむ。世界が平衡を失って、今にもひっくり返ってしまいそう――もう人としてどうなんだというレベルで体が乱れていたが、この快感の前では何もかもどうでもよかった。

「ここにほしいんだな、ベイビー？」

ランスが甘い声を出して、頭を上げると、今や嵐をはらんだような青い目でティムを見据えた。

「うん」とティムは喘ぐ。「そこに――」

何よりも、そこに。

これまでティムは一度しか受け役《ボトム》をしたことはないし、それもティムに負けないくらいおっかなびっくりの相手だったから調和も何もなかったが、それでもあの刺激は覚えている。あの時は尋常じゃない時間を準備にかけたので痛くはなかった。性感をこすられながら自分のものをしごくのは気持ちが良くて、ティムはそうやって達したのだった。あの後、細いバイブレーターをひとつ買って、暇があってとてもムラムラしている時に使ったりもした。

だがこれはまた特別だ。たくましい男に押さえつけられたいティムの夢がかなおうとしている。冷酷ではない、包容力と自信にあふれた男——大きな毛布のように彼を包んで守ってくれる。しかも市販の毛布にはない機能があって、同時にティムの性感まで刺激してくれる。今こうしてランスと一緒になってから思うと、ティムのひそかな願望はこの出会いを予言していたかのようだった。

「ランスが欲しいんだ」

念を入れて、ティムはそうくり返した。

「んんん」

ランスが賛成の呻きを立て、またもやその舌でティムの世界をひっくり返す仕事に戻ると、しかも指まで足してきた。こんな刺激はティムには初体験だ。しかも〝配慮〟とか〝準備万端〟あたりのミドルネームが似合いのランスのすることだ、巣穴を作ろうとがんばるジリス並みの熱心さで念入りに舌で掘ってくる。どうなんだというたとえだが、その百倍エロい。

「あっ、すごい」

ティムが何千回となくそう喘ぐ間、ランスが歯と指で優しく刺激を与え、永遠に続けてられそうなくらい愛撫に没頭していた。

「も、もう大丈夫だから……」

もう挿れてほしいと、ティムは喘ぐ。それでもランスが愛撫を止めないので、半ば体を起こしてベッドサイドの引き出しから潤滑剤《リューブ》の瓶とコンドームをつかみ出した。二本指でジェルをすくい、足でランスをつついてどかすと、ランスがコンドームの袋と格闘している間にそのジェルを肝心の場所に塗りこめる。

「これは……いい眺めだな」

ランスがそう息を荒くした。ティムが自分の奥に指を差し入れているのを見つめ、片手間にコンドームをつけながら、心を奪われた表情は、目の前にあるのが〝肉汁たっぷり骨付きあぶり肉トリュフ添え〟に見えている顔だ。ティムは指を引き抜いた。

「次は、これ」とランスのペニスをやっと手に握りこみ、コンドームの外側にジェルをなすりつけた。

（これが——これが、この先ずっと、僕のもの）

それは、目覚めのような一瞬だった。世の中にペニスは数あれど、このめぐり合いはまさに、い、当たりだとティムは思う。むっちりと太くて、それでいて規格外のでかさというほどでもない。欠けたもののない素敵なフルセット、先が少し細くて根元は太い。まさに用途に最適。

「コレすごく好き」とティムは考えなしに口走っていた。「今すぐしゃぶりたいけどジェルつけちゃったし、もうベタベタと」

「次だ」とランスがうなった。「うまくしたことに、俺なら今すぐお前をしゃぶれるぞ」

その目は、鉄の棒みたいにピンとなったティムの屹立を凝視している。とびついてこようとしたが、ティムは両手でぐっと押しとどめた。

「それはまた今度」

「どうして？」

すっかりきょとんとしたランスの顔に、ティムはつい笑ってしまった。

「楽しむ時間はまだまだこの先あるからだよ。ランスって、子供のころのクリスマスプレゼントを一度に全部開けちゃうタイプだった？」

「引きちぎった包装紙が何ヵ月経っても家のどこかから出てくるくらいに」とランスが重々しくうなずく。

「想像つくよ。でも、今はここに欲しいんだ」

少しベッドの下にずれると、ティムは尻を上げて言葉の意味をはっきりさせる。その間もランスの屹立に手をかぶせてしごきながら。

ランスは腕で体を支えてティムにのしかかり、ティムの長い指で愛撫されると奇妙な声をこぼした。味わうように目をとじる。そこでティムは自分にできるかぎりの手管を発揮してコンドームごしに裏すじをなぞり、ぷっくりとした先端を包む包皮をずらした。ランスの目はさらにとじられて、腰が揺れ、荒い息をこぼした。その快感を想像するとティムのペニスもドクンと脈打つ。

「じゃあ、来て」

ティムはランスを呼んだ。ずっとさわっていたいが、このままではいつまでも先にたどりつけない。

ランスは目を開け、ティムのまなざしをとらえて、鼻からふううっと大きな息を吐き出した。体の位置を直す。入り口に狙いをつけたところで、またティムの太腿を裏からすくってぐっと引きつけた。思いきり体をさらけ出されて、わずかでも羞恥心があればいたたまれないような格好になったが、ティムの頭にはもう「早く！」という言葉しかなかった。

声を出せる気がしなくて、ただうなずく。応じて、ランスがぐいと沈みこんできた。

手持ちのバイブよりランスのほうがずっと太いのに、ほとんど抵抗はなかった。深く、肉体以上にもっと深くまで、ランスが入りこんでくる。

根元まで沈めたところで、ランスがさらに奥を求めるように腰を押し上げた。一途な青い目でティムを凝視している。全身が、表情が、驚きと歓びにあふれて輝いていた。

「これ、いいか？　好きか？」

まるで信じられないかのようにティムにたずねる。ティムは心をこめて「大好きだよ」と答えた。

「俺もだ」

「じゃあ……続けて」

本当に言いたかったのは「本気でガンガン来て、もっと好き放題にして、僕を自分のものにして」ということだったのだが、そんなことは言えそうにない気がする。その必要もなかった。

ランスはティムの表情からすべてを読んでいた。

ティムの太腿を胸に抱えこみ、ほとんどきついほど彼の体を折り曲げると、ランスは腰を引いて一気に突きこんだ。まっすぐな瞳でティムを射貫きながら、その動きをくり返す。片手でティムの体を斜めにかかえ、もう片手でティムの屹立をつかんだ。しごかずにゆるく握りこむと、突き上げの動きの摩擦が淫らな快感を生んだ。

俺のだ——ランスがそう言っている気がする。尻と屹立の敏感な部分への刺激がもうこらえきれないほど高まりながら——もっと、もっと、でもイキそう——ティムはその言葉が本当に聞こえているのだと気付いた。ひと突きごとにランスが喘ぎの下で唱えている。声が段々大きくなった。

「俺のだ、お前は俺のだ、そうだろう?」

「うん!」

ふたりとも限界が近い。もはや快感に押し流されながら、ティムはランスの体の震えに、そ

の顔の愉悦の高まりに気付く。思わず太腿からランスの手を外して、その胸を足で押し戻したら、ポン、と外れた。おっと。

ランスがぎょっとした顔でティムを見つめた。

「その足、大した凶器だな」

「この体勢でイクのはやだ」

うつぶせに体を返してティムは肘と膝をついた。もう恥ずかしさなんか消しとんで、ねだらずにはいられない。この姿勢で、ランスに後ろから包まれ、その手にしっかり握られたい。

何も言わず、だがランスは素早く後ろに動くと、いたぶるようにまたゆっくりと入ってきた。すっかり敏感になった粘膜に強烈な刺激が走って、ふたりして呻いていた。ティムが引っぱるとランスは導かれるまま互いの指を絡め、痛むほど張りつめたティムのものを握りこむ。

「も、イキたい……」とティムが喘いだ。

「わかってる」ランスも苦しげな声を絞り出した。

叩きつけるように、幾度もティムを突き上げる。本能に駆り立てられ、すべての技巧をかなぐり捨てて。その動きがうまく性感に当たるようにティムは腰を動かした。生まれて初めてというくらい気持ちよくて、溶けそうで、ひとつになったようで……これまでの人生の災難を埋め合わせてお釣りがくるくらい最高で、喜びにあふれ、つながり合っていて——すべてのつらい日々がこの瞬間のためにあったような気がした。この瞬間だけで報われたような。

限界に近い体が震え出して、ティムは自分の望みを思い出す。誰にも奪われない、永遠のしるしがほしいのだ。じりじりと肩を上げ、腰をつかむランスの手に自分の手を重ねて動きを続けるようねだりながら、ふたりして膝立ちになるまで体を起こした。ペニスをしごく重なった手に力をこめ、ランスの胸によりかかって、喉元をさらす。

ランスは察して、ティムの首筋に唇をかぶせた。腰で突き上げながら強く吸い上げ、優しく歯を立てる。そしてそのまま恍惚と、一緒に、絶頂にとびこんだのだった。

しばらくそのまま、ふたりは壊れた人形のようにベッドに崩れていた。うつぶせに倒れて自分の重みで精液をシーツに塗りこめているティムと、その上に両足と片手を放り出して仰向けのランスと。

「……お前の持ってる『トワイライト』シリーズを全部燃やしてやる」

しばらくして、やっとランスがそう呟いた。

「ジェイコブ派」とティムは枕に少し涎をつけて呟きを返し、まるで熱意のこもらない忠誠の拳をなんとか上げてみせた。『トワイライト』の原作は読んでもいないし持ってもいないことは、ランスには黙っておく。前にいたガレージの上の小さな住み家にマーシャルの契約するHBOチャンネルが入っていたので、映画版を見たのだ。

「まあ、心の準備ができてたって意味では『トワイライト』に感謝するべきかもな」

ランスの言葉に、ティムは鼻を鳴らした。

「心の準備？」

枕にうずめた頭を動かして、ベッドにいる男の見事な裸身を見やった。太腿にだらりと垂れたペニスがやたらと瑞々《みずみず》しく見えた。

「言わせてもらうけど、こんな事態への準備なんて、何があろうとムリだから。ちょっとデカすぎる」

ランスの目は優しくなっていた。ゆっくりとした指でティムの背すじをなで下ろす。

「そうか？　じゃあ〝ランス派〟にくら替えか？」

ティムはただ眠いまばたきを返した。本心では「一生つがいでいるって本当だよね？　もう絶対離さないよ」と言いたかったが、あまりにも物欲しげかと思い直す。大体、見つめてくるランスのまなざしが、もう答えになっていた。

寝室のドアをレンフィールドがカリカリひっかいて、クンと鳴いた。

「キッチンのカウンターの紙袋に二人分のチキンのディナーが入ってるが」とランスが指摘する。「レンフィールドはお預けを食わされるのに飽きたようだぞ」

「じゃあ競走だ！」

そう叫んでティムはがばっと起き上がった。

「競走なんかしない、俺は――」

だが、すでにティムはベッドをとび出していた。寝室のドアを開け放って、笑いながら裸でキッチンへ駆け出す。

背後から、ランスの裸足の足音と、笑いのこもったうなり声が聞こえてきた。

16　銃弾

「止まって！」

サニーレタスの苗の間をのし歩くリリーの姿に、ティムが恐怖の叫びを上げた。

リリーは足を止め、足元を見下ろす。赤いサニーレタスの若葉が、落ちてきたドロシーの家に下敷きにされた東の魔女のように靴の下からのぞいていた。

「あら、ごめんね！　あっちにウサギがいたから」

ティムは土のうねの間を歩いていって詰め寄ると、リリーの肘をつかんだ。

「ここから出て！　決してこの地に寄るべからず。本当に！　でないともう、畑に近づいたらビーッて鳴る首輪を買ってくるしかない」

畑の苗の間からつれ出したリリーを、うねの向こうの草地へと押しやった。

「草むしりなら手伝えるわよ！」とリリーが抗議する。

「そう言って、昨日ラディッシュを全部抜いちゃっただろ。草むしりも禁止！」

聞いていたガスが笑いをこぼした。彼はエンドウ豆の若苗のところで、塩ビのパイプとネットで蔓が絡みつく柵を作っている。リリーと違って畑仕事を心底楽しんでいる様子で、ティムの指示にも几帳面に従ってくれた。ガスはブルドッグで、〝種火《スパーク》〟を得たばかりで人間の暮らしにはまだ不慣れだと、ティムは聞いている。今のティムには何の賃金も払えないが、それでもガスには学ぶ意欲があり、本当に気の優しい、そばにいて心安らぐ男だった。一方、リリーときたら……。

「〝暗黒の指〟の主だ」ティムはリリーを指した。「追放！　悪いけど」

「でも手伝いたいのに！」リリーが口をとがらせた。「助けたいのよ、ティム。埋め合わせをさせて。それにあなたは実質上は義理の息子だもの！　家族なら当然でしょ？」

まだ、種トレイを盗み出したリリーの行為を心から許せたわけではない。だが「家族」の一言で、ティムの心の中心がめろめろになっていた。

「わかったよ……じゃあこれはどう、温室で液体肥料を何杯か作ってきてくれる？　それが終わったら夕食作りもあるし。ランスが早めに仕事を上がるって言ってたから、そろそろ帰ってくると思うよ」

「わかったわ――」リリーがクンクンと風を嗅いでいる。さっと目をほそめ、「ウサギだ！」と草の上を駆け出した。

そのまま行ってしまった。近くの木陰でハッハッと息をついていたレンフィールドも、追いかけっことばかりにリリーを追って跳びはねていった。

ティムは軍手を取ると、麻紐やラベルや道具を吊したツールベルトに押しこんだ。そこに立って、畑を見回す。

あの惨事から救った苗たちは、今、すべて畑に植え替えられていた。レタス、エンドウ、サヤインゲン。どれも土に根を張っている。畑はまだまだがらんと空いて見えたが、これから作物が生長していくための余裕だ。

それから、ティムはバラを確認しに向かった。

あの悪夢の〝割れたガラスの夜〟を生きのびたバラの種たちは、家の正面に作ったリンダのための小さなバラ園に植え付けてあった。心をこめて発芽を待った百個ほどのバラの種のうち、残ったのはたった二十株のみで、ラベルもすべてあの夜にばらけてしまったのでどれが何だかわからない。半分の株が小さな蕾をつけていた。今日また液肥をやって、あとは幸運を祈ろう。謎の宝箱を開けるようなものだ。家主のリンダが望むクリーム色で花弁の先がラベンダーのバラが咲く確率は低いが、彼女が満足し、家賃の埋め合わせとしてティム自身も納得できるくらい素敵な花が咲くように祈った。

ランスのパトロールカーが家の前に停まった。かがんでいたティムは立ち上がって笑みを浮かべる。ふたりが実際に恋人になってまだ二週間だが、ずっと昔からこうだったような気がした。いやむしろ、この先ずっとこうやって生きていくのだという予感か。今にも丘を転がり出しそうな大岩のような——決して止まらず、地面のでこぼこに揺られて転がる日々へ。

「ただいま」

ランスはいつもの、一日のびたひげ痕とミラーサングラスと険しい表情でやってくる。だがそばまで来ると、ティムの腰に両腕を回してさっと宙に抱き上げ、振り回した。

「腕力自慢？」

満面で笑みくずれながらも、ティムはそうからかった。

「んん？　俺のだ」

ランスはティムの首筋に鼻を擦り付け、噛むふりをする。まだ人狼ネタでティムを揶揄《やゆ》する彼も、じつは人狼ごっこが気に入っているのだとティムは勘付いていた。

「リリーに夕食作りを頼んだんだけど、ウサギ追っかけてどっか行っちゃった。暗くなるまで戻ってこないかもね」

「俺たちが幸運ならな。もしかしたら渡りのウサギで、母さんをそのままアラスカまでつれてってくれるかも」

「カナダの雪ウサギ？　とりあえず望みは捨てずにいようか」

ランスはティムを下ろして一歩下がった。またその顔は険しくなっていた。

「ねえ、どうかした？」

サングラスを取り、しまう。ランスは目を合わせなかった。

「今夜は仕事だ。麻薬取締局《DEA》がコアースゴールドのマリファナ畑を叩くので、俺も立ち会いをたのまれた。この家に発砲した男を特定したいそうだ」

「だって、相手を見てないのに？」

ティムの鼓動が一気にはね上がった。

（それにそんなところに近づいてほしくない――）

「ローマンが見ている。彼も同行する。俺が付き添っていかないと。それに、俺が報告した件だから責任がある」

あの銃撃の夜以来、ランスがＤＥＡに協力してきたのはティムも知っていた。だがそれがこんな、犯罪者との直接対決に至るとは思ってもいなかった。

怯えを悟られたのだろう、ランスがティムの肩に手をのせた。

「心配するようなことは何もない。ＤＥＡの突入チームが制圧するんだ。俺が銃撃戦に加わることはない」

「わからないじゃないか。銃を持ってその場に行くんだろ？　その性格だもの、どこかが手薄だと感じたり、負傷者が出たら、絶対ランスはそこに向かうんだ——ウサギを追っかけたリリーみたいにね」

ランスは微笑した。「約束するよ、母さんがウサギを追っかけるみたいに麻薬の売人を追っかけたりはしない」

「当たり前だよ！　もしケガしたり、撃たれたり、死んだりしようもんなら——絶対お断りだけど——すごく怒るからね！」

足を踏み鳴らすのだけはこらえた。子供っぽいのはわかっていたが、かまっていられない。

ランスが沈痛な笑みを浮かべ、ティムの肩をさすった。

「これが俺の仕事だ。法を守る保安官と結びついた以上、わかってほしい」

まだ機嫌は直っていなかったが、その言葉にティムのユーモア精神が目覚めた。

「結びついた？　まるで見えない糸でつながってるみたいってこと？　ここから」と自分の心臓に手を置き「ここに」とランスの胸にふれて、わざとらしく涙っぽい目を見開く。「僕らが離れすぎるとその糸がプツッとちぎれて僕の心から血があふれていくんだね」

ランスがあきれ顔になった。

「助けてくれ。今度は『ジェイン・エア』ごっこか？」

「おや、どうして元ネタが『ジェイン・エア』だって知ってるのかな？」

ランスの顔がうっすら赤くなる。

「母さんがあらゆるバージョンの『ジェイン・エア』の映画を見てるんだ。幾度も幾度も」

「ほうほう、それを首根っこつかまれて見せられてたって言いたい？」

背中をぎくりと固くして、ランスが顎を少し上げた。

「仕方ないだろう。俺の聴力は並外れているんだから」

こうやって後ろめたそうに言いつくろうランスは本当に可愛いと、ティムは思う。突如として、今夜立ち向かう危険を思って、切羽詰った衝動に襲われた。鼓動ひとつのうちに、肉体がもうランスの体温を求めていた。

「出かけるまで、どれくらい時間がある？」

そうたずねた声は、一オクターブほども低い。

ランスがさっと活気づいた。小鼻を広げてクンクンと空気を嗅ぐ。喉を低く鳴らし、ティムの腰を抱くときつく引き寄せた。

「充分だ」

「保安官とミスター・チャーズガードは、両方ともここから動かないように。容疑者を取り押さえた後で面通ししてもらう。了解したか？」

ＤＥＡの現場指揮官ハリソンは、白髪混じりの黒髪を刈りこんだ年嵩の男だったが、リーダーの風格をたたえていた。ランスとしては仕切ってもらうことに何の異論もない。

「了解」とランスは答えた。

「……イエス・サー」

ローマンも、自分が話していいのかためらうような間を一瞬置いて答えた。

「よし」

ハリソンはうなずいて、木々の中の家を囲んで暗闇に位置どるＳＷＡＴチームを見ながら歩いていった。チームは無音だったが、家にひそむ男たちは気配を察知している様子だった。少し前、正面の部屋の電気が消えた。容疑者たちは逃亡をもくろんでいるか――家の裏手も囲まれているのは承知の上だろうが――もしくは暗い窓の向こうで銃を手に戦いを待ち受けているかだ。反撃に踏み切るほど愚かではないと思いたい。勝ち目がないのはわかっているはずだろう？

ランスとローマンは、ＳＷＡＴチームの後ろで装甲バンの脇に立っていた。隣のローマンが体をピンとこわばらせている。ランスには気持ちがよくわかった。ランスの内なる犬もすっかり興奮し、心中でうろうろしている。ヒトとしてのふるまい方がまだ慣れないローマンにはもっときついだろう。

ランスはローマンの腕に手を置き、無言で「待て」と伝えた。

SWATの装備姿の人影が二つ、暗闇からぬっと現われ、身を屈めて家の正面まで走った。ほとんど同時に、三つの出来事が起きた。片方の男がパートナーのほうを見た瞬間、その顔を月光が照らした――ヘルメットの下の顔は若く、強い顎にうっすらとひげが散っていた。同時に正面の窓から銃声が響きわたり、ガラスが砕ける。そしてランスの手を振りほどいたローマンが敵の銃火の中へ走りこんでいった。

ランスは凍りついた。強烈な義務感に引きずられそうになる。群れ。救援。保護せよ。ローマンはランスが守るべき仲間だ。群れの誰ひとり見殺しになどできない。

だがランスの、ヒトとしての理性が叫ぶ――ティム。ティムに約束したのだ、軽率な真似はしないと、今夜は危険に近づかないと。ティムとの約束を守りたい。まだ伝えていない約束や、ランスの心に刻み込まれている誓いも全部守りたい。ティムにいい人生を与え、安全に守り抜き、健やかで幸せであるようそばで見守るのだ。全身全霊で、それを成し遂げたかった。

だから、つがいを持つまいとしてきたのだ――そうだ。忠誠をふたつに裂くわけにはいかないと。自分の群れと、自分の連れ合いや子供との両方に尽くすなど無理だと。運が良くてもランスの父親のように働きすぎで若くして心臓発作で死ぬか、運が悪ければ今みたいな形で死ぬか。ティムに近づくべきではなかったのだ。こんな思いをティムにさせて――。

そしてその瞬間、目の前が晴れて、ランスはこれが〝どちらか〟の選択などではないと悟った。ティムはランスを、そのままの彼を愛してくれた。群れを守るランスの生き方も含めて愛してくれた。ティムとつがいになることは、決してランスの仕事の邪魔にはならないのだ――ただランスがより賢く立ち回って、ティムを残して死なないよう全力を尽くせばいいだけだ。だがもしそんな結末になるなら……それなら。せめて、ふたりでいられる一瞬ずつをすべて大事にしていこう。あの日々には、それだけの価値がある。

心を決めたランスは、状況を分析しながらさっと目を走らせた。家の前にいるふたりのSWAT隊員は地面にぴたりと伏せている。遮蔽物《しゃへいぶつ》に隠れようにも遠すぎた。ハリソンが命令を怒鳴ると、SWATチームが家に銃弾を浴びせて仲間を守ろうとする。そしてローマンは――まるでクモのように、信じられないほど低い姿勢で、素早く前へ移動していた。人間の姿のまま、全身にジャーマンシェパードの動きがにじんでいる。美しく勇敢で、この上なく危険な姿だった。

ランスも前へとび出し、姿勢を――ローマンほどとはいかないが――低く保った。SWAT側の厚い弾幕のおかげで家のほうからは何も飛んできそうにない。だが宙では弾丸がうなっているし、味方の流れ弾に当たる危険は大いにあった。

ぼんやり、「下がれ！」というハリソンの怒鳴り声が聞こえてくる。そしてランスはローマンに追いついていた。今まさに頭を撃ち抜かれそうになっているローマンに。

ローマンと、彼が目指してきたSWATの若い隊員は、両方とも地面に伏せていた。隊員は体を横倒しにしている。ローマンがその隊員の上腕に手をかけ、隊員のほうは手にした銃の銃口をローマンの顔面につきつけていた。ふたりが互いを見つめ合う。

　これは……。

　その隊員は若かったが、顔に怯えの色はなかった。ただ彼は――幸いにも――引き金を引く、その一瞬を迷った。それはローマンの表情のせいだったのかもしれない。ランスは即座にその隊員からどう見えているか察する。ローマンは制服や隊服は着ておらず、迷彩のズボンとカーキの上着姿だ。黒髪で、大きな体に威圧感があり、まなざしが強烈。そしてその顔に浮かぶ表情は……それは。

　――失望。諦念。嘆き。

　ローマンは男が引き金を引くのを待っているのだと知って、ランスは総毛立った。

「撃つな！」銃声をこえて、ランスは声を張り上げた。「味方だ、撃つな！」

　若いＳＷＡＴ隊員がさっとランスの、保安官の制服を見た。銃を下ろしはしなかったが、今にも撃ちそうな殺意はゆるむ。

「彼は民間人の目撃者だ。丸腰だ。撃つな！」

　隊員はごくりと、大きく唾を呑んで、銃を下ろした。ローマンの顔から表情が失せた。

「ローマン、引け！」とランスは命じた。

　銃火がいきなり途絶えた。向こうでハリソンが命令を飛ばしている。ＳＷＡＴチームはここにいるランスたちに当たらないよう発砲をやめたのだが、こうなると家の中の敵がいつ撃ってくるかわからない。

ローマンの腕を引っつかんだが、振り払われた。その時、ランスは血に気付く。若い隊員の左腕が地面に垂れ、血まみれで震えていた。撃たれていたのだ。

「安全地帯へ退避する」

ローマンが隊員へぼそっと言った。隊員がまだ銃を握っているのもかまわず、その体を回りこんで脇に手を入れ、ＳＷＡＴの防衛ラインへと隊員を引きずっていく。隊員は逆らおうとはせず、出血のせいかただぐったりとしていた。

それは、ランスの人生最長の五秒間だった。彼は銃を抜き、枯れ草の上をずるずると引きずられていく負傷した隊員とローマンを援護した。ふたりと家の間に立ち、銃弾で割れた窓へ顔を向け、銃をかまえて、できる限りの早さで後ずさっていく。まるで時限爆弾を抱えた気分だった。ランスの姿を隠すものはなく、いつ弾丸に頭や心臓を吹っ飛ばされてもおかしくない。

（ティム、ティム、お前を愛してる）

ついに遮蔽物まで到達すると、ＳＷＡＴ隊員たちが彼らを隠す列を作った。ランスは安堵に脱力しそうだった。まだ死ぬ日ではなかったのだ。今日はまだ。家の裏手で銃声が上がり、ハリソンが無線で話しながら同時に隊員たちへ突撃の手を振った。

「裏だ！　奴らは森へ逃げる気だ。行け！」

ランスとローマンは救急車のそばに立っていた。やっと鼓動が正常に近いところまで落ちついてきたが、ランスの一部は皆に加わりたがってうずうずしていた。家の中にいた十人あまりの犯罪者は、ランスとローマンの動きで作戦が乱れた隙に乗じて逃亡をはかったのだ。今やSWATチームはそれを追っている。距離を越えてその音が聞こえてきた。

だが追跡したい衝動はあっても、ランスはこうして救急車やバンの間で待つ自分に不満はなかった。

ローマンは救急車を凝視していた。後部ドアが開いており、中では撃たれたSWAT隊員を保定しようとしている。

ぽつりと、ローマンが呟いた。

「……あの時……あの時、そこにいるのがジェイムズだと思った。でも、あのひとじゃなかった」

ああそうか——ランスは何の返事もできなかった。ローマンの言葉は鈍い痛みにあふれ、険しい表情の裏にも同じ痛みがにじんでいる。耐えがたいほどに。

ヒトとしての言葉はないまま、それでもランスの中の犬は唯一できる形でローマンをなぐさめようとした。ローマンを引き寄せてハグすると、短い頭髪を鼻でさする。落ちつかせるために舐めてやりたかったが、もう犬の先祖から代を重ねたランスには少し抵抗があった。不埒《ふらち》な意図はないし、まだ犬の感受性が強いローマンが勘違いする心配もないが。結局、ローマンの髪に鼻をつっこんで、そのままきつく抱きしめた。

群れの仲間だ。

ローマンの体は固く、冷たくこわばっていたが、次第にそれがゆるんで腕の中で力を抜き、全身に重い哀しみが満ちた。

「どうして彼らはいってしまうんだ？　俺たちを置き去りにして？」

それは子供の質問——あるいは、世界のあまりの残酷さに怒れる男の叫び。

「わからないよ、ローマン」

「ジェイムズがいた頃は、すべてに意味があった。目的があった。今じゃ、自分が何なのかもわからない……」

短い言葉は、心の底から絞り出されたものだった。ローマンの嘆きと苦しみがランスに伝わってくる。それを嗅ぎ取れる。

ランスはティムのことを思った。ティムとの出会いが何もかもが変えたことを。不思議なことだ、自分をよく知っていると思っていても、それが一瞬でくつがえされる時がある。

「いつかわかるよ。必ずわかる。時間はかかるだろうが。今はただ、きみの居場所はここにある。俺たちのところに。きみのやるべきことも」

ローマンが体を離した。

「さっき、私は皆の命を危険にさらした」と激しく吐き捨てる。「保安官事務所に二度と出入りするなと言われても仕方ない」

　失態を認めるのはローマンにとってはつらいことだとランスにはわかっていた。このままでは消えない自己嫌悪にさいなまれかねない。放っておけるわけがなかった。腕をつかんでぐいと引き戻し、ローマンと目を合わせた。ローマンはさっと視線を伏せ、ランスに従いながらも、怒りをたぎらせていた。

「きみの行動で、あの隊員の命は救われたのかもしれない。それに、きみの働きなくしてこの拠点を見つけることはできなかった」

「しかし私は銃火の中へ走っていった。指揮官の命令にそむいた。もっとひどいことになっていたかもしれない！　あなたが死ぬようなことにも」

　ローマンは愚かではない。そしてランスも、その言葉は否定できなかった。

「そうだな、たしかに。だがジェイムズなら、ミスをした兵士に何と言う？　きっとこう言うんじゃないか。失敗から学んで進みつづけるからこそ、もっと賢く、強くなれるのだと。違うか？　きみはそこであきらめる憶病者か、ローマン？」

　ローマンの顎に力がこもり、背すじがしゃんとのびた。

「いいえ、違います」

「よし。俺の勘では、まだこの戦いは始まったばかりだからな。きみの力が要る」

励ますつもりで言って、だが口にした瞬間、その言葉が真実味を持ってのしかかってきた。マリファナ畑を一つつぶしたところで、ほかに畑がないとも、これですべてが終わったとも限らないのだ。しかも今や麻薬の売人たちはマッドクリークの存在に気付いた。あの町は秘密を隠すのにうってつけだ——孤立し、知名度もなく、まともな道からも離れている。初めて、あの町の無名さが危険に感じられた。隠したい秘密を持っているのはランスの群れだけではない。

「おい！」

ランスの手がローマンから離れ、ふたりは振り向いた。救急隊員が消防車のドアを閉める手を止め、車内では撃たれた隊員が無事な腕で体を起こそうと苦労していた。ヘルメットなしでいっそう若く見える。その顔は苦痛に青白く、引きつっていた。

「ありがとう」

それだけを、隊員はぼそっと言った。まっすぐにローマンを見つめて。ローマンは見つめ返した。一度、返事のかわりにうなずいた。

救急隊員がドアを閉め、救急車は走り去った。

17　月に向かって吠える夜

よく晴れてあたたかな六月の夜、フォスター公園の中の屋根付きピクニックシェルターに次々と集まってきた車列に並べて、ティムとランスも車を停めた。その公園はビーコン山の中腹にあって、ティムの見たところ、入り口はわざと荒れ放題にされていた。ランスの話だと公園内にはハイキング用のルートもなく、ベンチやゴミ箱も設置されていない。大きな丸太のピクニックシェルターは鬱蒼とした木立で隠されている。

月に一度の満月、群れは〝月吠えの夜〟のためにこの公園に集まる。満月が神秘のパワーを与えてくれるからというわけでは――ランスによれば――なく、月光のおかげで森が漆黒の闇にならずにすむからだ。

興奮を抑えられないティムの横で、ランスが車の後部からビールの入ったクーラーを取った。ティムはクラッカーとお手製のペスト・ジェノベーゼが載った盆と――初摘みのバジルで作ったペストだ――レニーの引き綱でもう両手がいっぱいだ。

「すごいね！」

丸太屋根の下に知った顔が大勢集まっているのが見えて、ティムは声を上げた。さらに、近くの焚き火をもっと大人数が囲んでいる。

本当にすごい。シフターたちの夜のパーティに出られるなんて、すごすぎる。最高だ！　それに仲のいい面子もいた——ガス、デイジー、郵便局のフレッド・ビーグル、あとまあリリーも。少なくとも今夜のリリーは畑の苗を踏みつぶしてはいないし、彼女に世話を焼かれるのをティムもそう嫌ってはいないのだと、そろそろバレてしまいそうだ。少なくとも、リリーがその母性愛をティムの畑や恋の話じゃなく、料理や家回りに向けているかぎりは歓迎だ。

だが、お楽しみとわくわくに混じって、チクリと不安が心をつつく。町の住人が犬の姿になるのをティムが近くで見るのは今夜が初めてだ。

「ねえ、本当に、誰も僕のような一介の人間の前で変身しない？　するなら心の準備が要るんだけど」

焚き火に向かって歩きながら、何百回目かという質問をくり返した。

「しないよ。森に入って変身するんだ」

「ならいいけど。そうだといいけど。あの、骨がバキボキいう音、まだ忘れられない。それをじかに見るとなると……」とティムは身震いした。「ホラー映画の女の子みたいな悲鳴を上げて、ランスに恥をかかせちゃいそう」

「決して叫ぶな」とランスが真顔で返した。「犬がいっせいに襲いかかってくるぞ」

ふんと息をついて、ティムは横目で冗談だろうとランスをうかがった。

「はっはっは。それ笑える」

「死ぬほど舐められるからな。死ぬほどっていうのが比喩じゃすまない。このあたりでは」

ランスが淡々と脅した。

ティムは鼻で笑ったが、じつは少し鼓動が速まっている。

「なら今日、ボディソープを牛肉ロースト風味のかわりにピーナツバター風味にしといてよかったよ。犬はピーナツバターは駄目だよね？」

草の上にクーラーを下ろしたランスが、笑うようにうなって、ティムの腰に腕を回してきた。

「ペストがこぼれる！」

盆ごしに顔を寄せて鼻を擦り付けるランスに、ティムは喘ぐ。首を舐められた。

「とても大事で貴重なペストだから！　それに、えーと、ピーナツバターの話は冗談だし――」

気持ちいいくすぐったさに身をよじる。

「わかってる、だが名案だ」耳元でランスが囁いた。「ピーナツバターを塗る場所ならいくらでも思いつける。何ならペストでも。好きなほうで」

ティムは笑った。自分のアレにペスト・ジェノベーゼが塗りたくられる想像は滑稽きわまりない。論外だが、笑える。

「あらあら、おふたりさん！」

リリーがくっついたキャラメルを剥がすようにふたりを引きはがすと、ティムをがばっと抱きしめた。

「ペストが！」とティムが声を上げる。

「俺へのハグは後回しか？」

ランスは傷ついたように言った。リリーが彼のこともハグする。

「これまでずーっとハグしてきてあげたでしょ。今はティムのほうが優先。それに、今夜ここに来ようってあなたを説得してくれたのはティムでしょ？　五年ぶりになるかしら？　それだけでもこの子をハグしなきゃ！」

ランスがひとつ、賛成のうなりをこぼした。

「じゃあ今夜は誰が店番？」とリリーが聞く。

「保安官事務所にはチャーリーが詰めてるし、公園への道はローマンが見張ってる。今夜は静かなものだと思うが、念のためティムの携帯番号を伝えてある」

「食べ物はどこに置けば？」

ティムは盆をゆらゆらさせながらたずねた。さっきから危機に瀕しているペストをなるべく早く平らなところへ置いてしまいたい。

「屋根の下のテーブルよ、仔犬ちゃん！」

リリーがうきうきと答えた。ランスによれば自分より若い相手をまとめて「仔犬ちゃん」と呼ぶらしい。ティムに犬の血が一滴も流れてないことなどおかまいなしだ。その甘い呼びかけに、ついティムの頬がゆるんだ。

リリーとレンフィールドの相手を情け容赦なくランスに押しつけると、ティムは屋根の下へ向かった。

大きなピクニックシェルターにずらっと並ぶおいしそうなものの横に自分の盆も置き、上のアルミホイルを取る。

「こんばんは、ティム」

獣医のビル・マクガーバーが微笑みながら右手を差し出した。

「今夜のメニューをチェックして回ってるんだよ。コツを伝授しよう——列の先頭に並ぶべし。ここの一行は十分とかからずテーブル丸ごと食べ尽くしてしまうからね」

「それはいいことを聞かせてもらった」

「それ、何だい？　ペスト？」

身をのり出して、ビルは盆をのぞきこんだ。緑のペスト・ジェノベーゼが入ったボウルの周囲にはリリーが買ってきてくれた生野菜とクラッカーを並べてある。

「うん。野菜は店で買ったやつだけど。畑のはまだ育ってなくて。でもペストは自前のバジルで作ったんだ。味見する？」

興味を持った様子のビルに、ティムはペスト・ジェノベーゼをすくい取ったクラッカーを渡した。ビルが一口食べて、目を丸くする。

「へえ、こりゃ美味しい。ペストはあまり好きじゃなかったけど主義を変えないとな。このバジル、育てたんだって？」

ティムは肩をすくめてみせたが、いい反応に喜んでいた。

「バジルは簡単だよ。病気や虫にも強いし。それに、これだけ新鮮だとすごく美味しいんだよ、昼に摘んだばかりだから」

「へええ！　売るなら真っ先に買いに行くよ」

ビルがまた一枚クラッカーを取ってペストをすくった。

ティムは少し考えこんだ。

「来週、町のファーマーズマーケットに初めて出られると思うよ。バジルも持っていくし、レシピカードも付けようかな？」

「いいね、絶対行くよ！　ジェインも気に入るだろうし、子供が生まれて僕が料理をする回数も増えたからな。そうだ、これを言おうと思ってたんだ……きみとランスのこと、すごくうれしい。本当によかったよ」

真心のこもった言葉に、ティムはついもじもじとスニーカーの中で爪先を動かしていた。気付いてやめる。

「どうも、ありがとう」

「ランスにはもうずっと、そばにいてくれる誰かが必要だったんだ。でもあいつはクソ真面目で仕事中毒だから。常に警戒態勢で、あれはきっとコリーの血だね」

「やっぱそうだよね、本当、それ！」

ビル・マクガーバーのような、ランスのことを知っていてランスの内にあるものもよく知っている相手と話せるとほっとする。

「あの、僕が――ランスの気をそこからそらすのって、悪いことじゃない、よね？」

ティムには、それがずっと引っかかっていた。できる限りの時間をランスとすごしたいし、一緒にいる時はふたりのことに心を向けてほしい。だがランスが町に必要とされているのもわかっていたし、時々、こんな自分は度をこえて自己中心的なんじゃないかとも悩む。

「まったく思わないよ」ビルがニコッとした。「きみのおかげで、もうランスはいいほうに変わってきた。彼にはもともと……思いつめるところがあったから」

ティムはつい笑いをこぼしていた。

「いや実際ね、〝車にはねられた〟ランスをきみの家の前で見た時、ついに警官として一線を越えたのかと思ってしまったくらいだよ」

「ほんとだよね。でも今思うと、すごくおかしい。だって、あの夜ビルは犬の正体を知ってて、僕はまるでわかってなかったんだから」

ビルがニヤッとした。

「言ったとおり、ランスを風呂に入れてやったかな？」

「ああ、あれ。もちろん！」

色褪せない思い出に、ティムは笑みくずれた。あの時の自分も滑稽だが、それよりもあの生真面目そのもののランスがシャンプーを耐えていたのがとんでもなくおかしい。

「どんなだったか聞きたい？」

「ひとつ残らず！　聞かせてくれ」


ティムの話に笑いころげたビルは、涙を流しながら物も言えずに手を振って去っていった。ティムはクスクス笑いながら、火のそばにいるランスとリリーのところに行った。なにやら秘密の合図のもと、皆が屋根の下にある食事のテーブルへ向かう。そして、ビルが言ったとおり、食べ物は竜巻が来たようにたちまち呑み込まれていった。幸いティムは、ランスやリリーと一緒に先頭に並んでいた。食事が済む頃には、ペストのレシピがほしいとさらに三人にたのまれ、ファーマーズマーケットにバジルを買いに行くという約束も取り付けた。

夕食が済んで少しした頃、ひとり、ふたりとどこかへ向かいはじめた。皆が満面の笑みで、うきうきしている。リリーも去り、とことことレンフィールドがそれについて行った。次にはガスが、スキップするような足どりで森の中へ入っていく。また犬になるのが待ちきれないようだ。黒いズボンとセーターを優美に着こなしたジャニーンは、もっとさり気なく、だがやはり目に光をたたえて消えた。ランスの兄たちやその妻も去り、子供たちはミセス・ビーグルの世話に託された。世話といっても形ばかりで、子供たちはただ叫んだり笑ったりしながら走り回っている。

さして経《た》たないうちに、キャンプファイアを囲んで座るのは十人ほどの純血の人間ばかりになった。それとランス。彼はまだティムの隣にいた。

ティムはランスをこづいた。

「遊びに行かなくていいの？」

ランスが肩をすくめる。

「俺は全体に目を配っているほうがいい。皆の安全をたしかめ、お前のそばにいるほうが」

ふっと、ティムのいたずら心がもたげる。片眉をひょいと上げた。

「それってつまり……僕の遊び相手にはほかの犬を探すしかないってこと？　うーん、じゃあジャニーンなんかボール遊びにつき合ってくれるかな」

おもしろくなさそうに、ランスがティムに向けて目をほそめる。

その頃には、犬たちが再び空き地に姿を見せていた。信じられない。こうやって目の前にいる彼らが、全員シフターで、ティムが会ったことがあるひとたちなのだとは。ランスと同じように、皆が本当の犬にしか見えなかった。あらゆる体形と大きさの犬が、純血種もいれば雑種もいる。だがたしかに特別な気配をまとっていた。光のような、高貴なオーラのような何かに包まれているように。周囲の空気は喜びにあふれていた。

ティムの心の内にあった、自覚してなかった不安がほどけていった。大丈夫だ。大丈夫どころじゃない、最高に素敵だ。しかもその上、とても自然だ。

自分が、地球上で一番幸運な人間だと感じた。

ランスの兄と妻たちが木々の間からとび出してきて、大はしゃぎの自分の子供たちと焚き火の向こうで遊びはじめる。ランスの家族はティムにもすぐ見分けがついた──青い目の黒いコリーたちだ。ランスほど特別で素敵な犬はいないが。そこは惚れた欲目というやつか。

「よーし！　じゃあ森の中にひとっ走り行こうかな」と言い放って、ティムは立ち上がった。

「心配いらないよ、ランスは火のそばでのんびりしてて。多分木の根っこに蹴つまずいて首を折ったりはしないから。ハチの巣につっこんで刺されたりも、もふもふの子を見つけて抱っこしたりなでたりも、きっとしないだろうし。人目につかない暗がりとかで……」

走り出しながら、ティムは笑いをこらえるのがやっとだった。ランスの脅すようなうなり声が後ろから聞こえてきて、食いついたとわかる。

うきうきと追われながらぼやけた木々の間を駆け抜け、体当たりで枝を押しのける。遠くから楽しそうな吠え声と、今でもやっぱりぎょっとする、でももうそこまで怖くはないバキバキと骨の鳴る音が暗闇に響いた。

森はほの暗いが、満月の光で行く手は見える。離れすぎたかと不安になってきた頃、後ろから何かが走ってくる気配がした。振り向くと、そこにチャンスがいた。チャンスの黒い毛並みはほとんど影に沈んでいるが、月光が透けたところが銀に光り、美しい青い瞳が輝いていた。口から舌が出て、笑っているように見える。

ティムも笑い声を上げ、走りつづけた。チャンスが駆け抜け、先に立つ。さらに何キロも、ふたりで道をたどり、曲がりくねった、誰の物音も聞こえてこない奥まで来ると、急斜面を上っていった。先を行く姿は見えなくなっていたが、ティムはランスの名を呼びながら細い道を進んでいった。この山道はヤギの獣道か何かに違いない。足は長いほうのティムですら、最後の急斜面をよじのぼるのにかなり苦労した。

体を引き上げると、目の前が開けて、岩の尾根の上に出ていた。左右の山がぐるっと見下ろせて、下の谷はやわらかな影に沈み、月光と星がうっすらとした青銀の光を投げかけている。ひどく静かだ。荒い呼吸の音だけ。ティムが向き直ると、人間の姿に戻ったランスが、裸で数歩先に屈みこんでいた。

ティムは我知らず息を呑んでいた。そうしているランスはひどく野性的に見えた。締まった筋肉が汗と土にうっすらとまみれ、髪はもつれ、口元と眼には何か、まだ獣の気配が濃くひそんでいた。

情欲が突き上げてきて、ティムの肌がぶるっと震えた。

「ねえ」と囁く。

ランスは何も言わなかった。ふたつの世界の境目にいて、そこから動く気はないようだ。暗く、抗いがたいものがそこにあった。その引力が、近づくランスによってさらに高まる。ランスはティムの足首から上へと唇を這わせると、深々と嗅ぎ、次には体の横の輪郭をたどりながら、起き上がっていく。

ティムの服には手もふれない。だがランスのものははっきりと勃ち上がり、欲望のにおいが濃密にこもる。ティムは自分の上着を脱いで横へ放り投げ、Tシャツを頭から抜いた。その間もランスはティムを舐めたり鼻を擦り付け、腋の下、首のつけ根に顔をうずめて、ずっと喉でうなっていた。

「それすごくそそる……」

ティムは精一杯手早くズボンのファスナーを下ろし、下着とまとめて脱ごうとする。勢いのあまりそれを谷に放り出しかかって、皆のところへ下半身丸出しで戻る姿の想像に発作的に笑い出していた。

ランスのうなりが大きくなり、ティムの首筋に、やわらかく歯を立ててくる。「んっ、それ」と、笑いなど一瞬ではじけとんでいた。

軽く嚙んだまま、ランスはティムを地面に引き下ろすと、引っぱったり鼻でつついたり押したりして四つん這いにさせた。

まだわずかに残ったティムのなけなしの思考力は、この状況でどれだけ体が熱くなるか自分でも驚いていた。本当にすごく熱い――夜の中、山の頂上で裸で、人間のたくましい姿のランスがそばにいて、だがその肌の下にはまだ獣がひそんでいる。危険で原始的な獣の本能。何のてらいもなく、誇らしく己をさらし、衝動に支配され、意識のすべてがつがいに集中して没頭している。

その時ランスがティムの尻のすぼみに鼻を擦り付け、そこを舐めはじめた。ティムの思考が崩れ、ふたりを包む共鳴の渦にランスと一緒に転がり落ちていく。

ランスはティムを舐めてもてあそびながら、その体を慣らしていく。指は使わず、ティムの左右に両手をついて。めちゃくちゃエロい――集中しきったランスの熱っぽい口の動き。体に触れるのは涼しい夜気と、後ろのランスから放たれる体熱、その唇と入りこんでくる舌と歯だけ。ティムは喘ぎ、呻いて、地面に指をくいこませようともがく。

ついにせがんだ。

「ランス、お願いだから……もう待てない。今、すぐ……」

ランスが応じた。膝立ちになる。ティムのそこを唾液でたっぷり濡らして、ティムの先走りを自分のものになすりつけ、唾を垂らしてから、ぐいと後ろから腰をつかんだ。

乱暴ではないが、やや強引に、切羽詰った動きで入ってくる。長く、ゆっくりと、止まることなく奥までティムを貫いた。

ティムは地面についた腕に額を落とす。

「んっ――」

膝を開いて腰を押し上げ、背後の恋人にすべてをゆだねた。ランスはそれに応えた。ティムの腰をきつくつかみ、苦しいくらいに激しく突き上げる。夜風がティムの髪を揺らし、背すじに添ってゾクゾクと鳥肌が立つ。ランスの固さが内側をきつく擦るたび、体を快楽が染みとおってきゅっと爪先が縮む。

ひと突きごとに、さらけ出されていく――肉体も、心も。ランスに奪いつくされる。味わったこともないくらいエロティックで、生きていると感じる一瞬。

腰をわずかに動かし、内襞の一番敏感なところを擦られるようにした。ランスに満たされるごとに恍惚として、快感が高まっていく。

「も、無理――」

そう絞り出す。陰嚢がきつく張りつめ、ペニスが重く熱く感じられる。このままだと手もふれずに達しそう――。

上でランスが意味不明な声を立て、さらに激しく腰を打ち付けてくる。その足は震えを帯び、ティムの腰を力いっぱいつかんで、うなるように息を荒げていた。その切羽詰まった音と力が、ティムを高みへ押し上げる。

ドクッとあふれた最初の滴が地面にはね、ティムは片手で自分を握りこみながら、荒々しい快感に喉から高い声を上げていた。

「ランス！」

その背後でランスが固まる。喉を反らせ、すべてを解き放った。遠吠えが夜の中へ響きわたる。荒ぶる命と、喜びと快楽あふれる野生のこだまとなって。

エピローグ

八月になると、ティムもさすがに暮らしに慣れてきたが、それでも奮闘の毎日だった。

サンタバーバラで暮らしていた時も身を粉にして働いたものだが、温室の平穏な静けさの中でだった。畑の経営者である今、何もかもが自分の仕事だ。八月とあって、作物たちはぐんぐん育ち、収穫に加えて日々の雑草取りと水やりが欠かせない。そして週に三回のファーマーズマーケットへの出店。その出店準備——野菜とハーブの洗浄と袋詰め、ランスの車への積み込み。さらにギラつく太陽の下で長時間の店番をこなし、残りをまた車へ積む。重労働だ。

さらに帳簿つけもあるし、来シーズンに向けた作付け計画を立てて種を手配しなければならないし、どうにかひねり出した時間で新種の交配にも取りかかっていた。雪の季節までにカボチャ、レタス、ケール、キャベツ、ブロッコリあたりを育てよう。冬の間は、温室や保護用の冷床で寒さに強い野菜をほそぼそと育てる。二月になれば、新たな種付けの季節がやってきて、また一年のはじまりだ。

朝から晩まで働きながら、ティムはこの上なく幸せだった。大儲けとはいかないが、マーケットでの売上げはよく、実入りはそこそこあった。それに、ひとりきりではない。リリーがしきりにティムに料理を持ってくるし、ランスは町にある小さな自宅を誰かに貸してこのキャビンで一緒に暮らすかとほのめかしてきている。

多分、生まれて初めて、ティムは未来を恐れていなかった。生きている実感があり、この毎日が終わりなき徒労ではなく、素敵なものを築く過程のように思える。

そして、もちろん、そんな時を選んでマーシャルが現われたのだった。

午後三時、マッドクリークのファーマーズマーケットに出ていたティムとガスは、そろそろ片付けにかかろうかという頃だった。ティムが最後のピーマンを台に並べ直している時、嘲《あざけ》りの声がした。

「それは〈レモネード・ポッパーズ〉にそっくりだな?」

見上げると、マーシャルの神経質な顔がそこにあって、ティムの胃がぐっと縮み上がった。

「あ、えーと、お久しぶり、マーシャル。どうも。これは〈レモネード・ポッパーズ〉じゃないんだよ、とりあえず。〈ゴールデン・ベル〉っていう種類なんだ。ヴィクトリー・シーズの。〈レモネード・ポッパーズ〉よりずっと大きくて、それに黄色も濃いめ」

マーシャルは、嘘をつくなと言いたげに顔をしかめて黄色いピーマンを見下ろした。本当にこの男、自分の野菜についてまるでわかっていないのだろうか。

マーシャルが演説を始めた。

「こんな山奥にやってきたからって、俺から盗み取って逃げおおせられるとは思うなよ。俺の弁護士が言うには、お前の営業許可なんか育成者権の侵害を申し立てていくらでも無効にできる。カリフォルニアのどこでもお前が合法的に野菜を売れないようにしてやれるぞ！　ルーツ・オブ・ライフ社にいた時にお前は機密保持の契約を結んでいるんだ、あそこで何していたか一言でも洩らせば——リンダ・フィッツギボンズにもうしゃべったように——いくらでもお前を訴えて、なけなしの財産を絞り取ってやれるぞ。だから、ここはお利口に……」

べらべらとマーシャルはしゃべり続けた。要約すると、ティムはどこであろうと何ひとつ育てることは許されない、いつまでも、死ぬまでずっと、ということだ。ティムはその声を耳から閉め出し、淡々と携帯を手にしてメールを送った。それから立ち上がって、さらにマーシャルの話を聞きながら、ところどころでうなずいてみせたり、下らない質問をはさんで話を余分に引きのばした。

ティムは胸の前で腕を組み、笑いをかみ殺した。

なんといっても、今から……マーシャルの身に、想像もしていなかったようなことが降りかかるのだ。

（いやいや大変な立場なんだぞ、マーシャルくん！）

気分は晴れやかだった。不意に、ティムはマーシャルが何をゴタゴタ騒いでいるのか理解した。マーシャルはティムと彼の作る新種たちを失ったのだ――ルーツ・オブ・ライフ社の成功の源泉を。まだこの先もずっとティムをこき使えると考えていたのに。そしてきっと恐れてもいる、あの新種たちは自分のものだとティムが声を上げ、自分の不遇を訴え、会社の評判が泥まみれになるのを。

マーシャルが会社のメーリングリスト――そんな名簿、そもそもティムは持ってもいない――について言い立てはじめた頃、チャコールのスーツに紫のシャツを上品に着こなしたジャニーンが到着し、マーシャルの肩を指でトンと叩いた。

マーシャルはヒッピー風のドレッドヘアを揺らしてちらっと見やり、それからジャニーンの姿を二度見した。

「おっと、失礼、野菜を買いたいならよそでどうぞ。この男は俺から盗んだ犯罪者だ。どの野菜も売る権利すらない」

ジャニーンは見事きわまりない仕種で冷たく眉を上げた。

「名誉棄損ですか。興味深い」と彼女はマーシャルに白い名刺を手渡した。「私は弁護士のジャニーン・ドニガル。こちらのミスター・ウェストンは私の依頼人です。そしてあなたの態度は、一線を越したものだ」

マーシャルはその名刺を受け取ると、何の冗談か見破ろうとするようにじっくりと目を凝らした。結局、名刺は本物と見たようで、眉をひそめる。

「うちの弁護士にはもう話はしてある、ミズ・ドニガル。何か言いたいことがあるなら弁護士に言えばいい」

「まったく同意ですね」ジャニーンが如才なく言った。「そしてまさしく、あなたも言いたいことがあるなら私におっしゃって下さい。今後、私の依頼人へ直接話をするのはご遠慮いただきたい。無期限で。電話でもEメールでも、もちろん対面しての会話も。言うまでもないことですが、商売の場に押しかけての恫喝などは違法行為と見なします」

マーシャルはティムへ憎々しい目を向けたが、昔のようにはティムを言いなりにできないとわかってきたようで、少しずつ勢いがしぼんでいった。

「そして、時間を無駄にしないですむようここで申しあげておくと」とジャニーンがてきぱき話を進めた。「ミスター・ウェストンからあなたとの雇用契約の内容は聞いています。違法すれすれの文言もあり、契約自体の有効性にいささか疑問の余地があると思われまして、それについてもあなたの弁護士と話すつもりです。しかし、たとえあの雇用契約が有効だと仮定しても、私の依頼人が一般の種子会社が販売する正規の種から育てた作物を売るのを妨害する権利は、あなたには一切ない。そしてそれは、あなたが通信販売で売るティム自身の開発品種も含みます。依頼人には、合法的にその種を育て、収穫物を売る権利がある。この先ずっと。さらにはっきりさせておくと、ティムが今後開発する新品種にはあなたは一切の権利を持たない。雇用契約が正式に終了した、すなわち今年の三月十日をもって」

「それは――事実に反して――」

「いいえ、まさにそれが事実です。わざわざここまでいらして、恫喝行為を私の目の前で行なって下さって感謝します。ただちにあなたの弁護士に書状を送り、依頼人の権利を伝え、あなたによるハラスメント行為の差し止めを要求しましょう。もちろん、その書状のコピーはあなたの会社にも送付しておきます」

ジャニーンは見るからに……気迫満点で、怒りで毛が逆立ちそうだった。マーシャルが哀れになってくる。ジャニーンを怒らせたのが自分でなくてよかったとティムはしみじみした。

「さて、どうなるかな」

マーシャルはたよりない脅し文句を言いながら、すでに後ずさっていた。

そこで背中がランスにぶつかる。ランスは仁王立ちになって、状況を見守っていた。保安官の制服姿で、仕上げにミラーサングラスをかけている。マーシャルが相手を見ようとくるっと振り向いた。

「あ、すみません、お巡りさん」

「保安官。俺は、この町の保安官だ」

険しい声音に、マーシャルはまばたきした。

「それは……すみません、保安官。大したことじゃないので。今、すぐに――」

ランスは両手でぐいと絞り染めのシャツの襟首をつかみ、マーシャルの体を地面から数センチ宙に持ち上げた。

「大したことだ。とてもな。今、お前が脅していたのは俺の恋人だ」

その一言ずつが危険な毒を滴らせ、唇の両端が引かれて、強そうな白い歯を剝き出しにした。

ティムはぱっと片手で口を押さえ、笑いをこらえた。

「あなたの……？　いや、俺は――いいえ、全然――」

「こういうことだ。俺は今からお前を町境まで車で送っていく。それから、町の外へお前を追い出す。頭から放り出してやろう。そしてお前が、俺の町に一歩でもまた足を踏み入れようものなら、あるいは恋人のティムに連絡をしてこようものなら、お前を探し出して後悔させてやるぞ。ティムが働かされていた間の仕打ちの分、ここでその尻を蹴り上げてやってもいいくらいだ」

「しかし……それは……」

ランスはくるりと向きを変えて、駐車場でライトを点滅させているパトロールカーへ向けて行進していった。その間も、重さなどないかのようにマーシャルを宙へ吊り上げている。言い訳しようとするマーシャルの両手がバタバタ動いた。皆がふたりに道を開け、群れの仲間たちはマーシャルが少しでも馬鹿なことを――これ以上馬鹿なことを――したら割って入ろうとじっと目を据えていた。

「はん。ちょろい男だわ」

ジャニーンが鼻息をついた。

「マーシャルだからね」

ティムは笑いをこらえながら答える。我ながら人が悪いが、ものすごく楽しかった。たしかに父親への報復や埋め合わせとまではいかないかもしれないが——とティムはふっと自分を振り返る。それでも、それに負けないくらい吹っ切れた気分だった。

ティムは言った。

「あいつは二度と戻ってこないよ。そんな意気地はないから」

「戻ってこられないように私も手を打っとくわ。まあ、ランスがすませた後、残りものがまだ息をしてたらね」

そこに目を血走らせたリリーが駆けこんできた。

「聞いたわよ！　あいつはどこ？　あのクソッたれ男はどこなの！」

「ランスが片付けてくれたよ、リリー。ランスとジャニーンのふたりで。もう大丈夫」

憤怒とやる気あふれたリリーの表情に、ティムは少々腰が引けていた。

「私もやりたかった！」

リリーは本気で、のけ者にされてすねているようだ。ぴょんぴょんと跳び上がる。

「ランスが駐車場までつれて行ったよ。まだそこにいるんじゃないかな」とガスが親切にも教えてやった。

眼をらんらんと光らせたリリーが脱兎のごとき勢いで――もしくは狐を追うボーダーコリーのような勢いで――駐車場へと突進していく。

「そうね、マーシャルがあなたに手出ししてくることは二度とないでしょうね」

ジャニーンが皮肉っぽく言いながら、リリーの背を見送っていた。

もうこらえるのをやめて、ティムは声を立てて笑った。〈ゴールデン・ベル〉のピーマンをひとつ取り上げ、宙へ投げて、一口かじる。

マッドクリークの町――クレイジー、最高、そして群れのいるところ。ここが彼の家なのだ。

月への吠えかた教えます

2018年10月25日　初版発行

著者　イーライ・イーストン［Eli Easton］

訳者　冬斗亜紀

発行　株式会社新書館
〒113-0024 東京都文京区西片2-19-18
電話：03-3811-2631
［営業］
〒174-0043 東京都板橋区坂下1-22-14
電話：03-5970-3840
FAX：03-5970-3847
https://www.shinshokan.com/comic

印刷・製本　株式会社光邦

Printed in Japan　ISBN 978-4-403-56034-7